크니, 남자친구를 사귀다

상상의힘 아동청소년문고 5

코니, 남자친구를 사귀다

1판 1쇄 펴냄 2015년 9월 25일
글 다크마어 호스펠트 | 옮긴이 김민영 | 그린이 김말랑
펴낸이 김두레 | 펴낸곳 상상의힘 | 편집 이소영 | 디자인 수:Book
인쇄 천일문화사 | 등록 제 2015-000021(2010년 10월 19일)
주소 150-866 서울시 영등포구 선유로 49길 23 IS비즈타워2차 1503호
전화 070-4129-4505 | 팩스 02-2051-1618
누리집 www.sseh.net | 전자우편 childlit04@gmail.com

ISBN 978-89-97381-37-1 44800

이 도서의 국립중앙도서관 출판시도서목록(CIP)은 서지정보유통지원시스템 홈페이지
(http://seoji.nl.go.kr)와 국가자료공동목록시스템(http://www.nl.go.kr/kolisnet)에서
이용하실 수 있습니다.(CIP제어번호: CIP2015025372)

코니, 남자친구를 사귀다

다크마어 호스펠트 글
김민영 옮김 · 그린이 김말랑

샤오샤오의힘

1

"세상에 이럴 수가!"

코니는 마구 어질러져 있는 자기 책상을 믿을 수 없다는 듯 바라보았다. 연필, 공책, 책, 편지지, 빌리와 안나 그리고 파울이 보낸 알록달록한 그림엽서 들이 엉망으로 흩어져 있었다.

"이놈의 제도용구가 분명히 여기 어딘가 있을 텐데."

코니가 투덜거리면서 색연필과 붓이 담긴 상자를 한쪽으로 치웠다. 붓 상자 아래에 있던 그림물감 상자가 모습을 드러냈다. 책상 서랍도 열심히 뒤져 보았지만 제도용구 케이스는 보이지 않았다. 그 대신 코니는 얼마 전에 잃어버린 삼각자와 낡은 일기장을 찾았다.

"엄마! 혹시 내 컴퍼스 못 봤어요?"

코니는 뒤를 보며 큰 소리로 엄마를 불렀다. 코니의 엄마가 빼꼼 문을 열고 안을 들여다보았다.

"응, 못 봤는데."

엄마가 대답했다. 엄마는 방 안을 한 바퀴 휙 둘러보더니 이맛살을 찌푸렸다.

"방 정리 좀 하면 안 되니? 그러면 컴퍼스가 나올지도 모르잖아."

"예, 알았어요."

코니는 후우 하고 한숨을 쉬고는 침대에서 내려왔다.

알록달록한 담요 위에서 둥그렇게 몸을 말고 있던 고양이 마우가 깜짝 놀라 뛰어내리더니 등을 구부리며 기지개를 켰다. 코니는 얼른 마우의 털을 쓰다듬어 주었다. 마우는 금세 가르랑거리기 시작했다. 마우는 편안한 듯 코니에게 몸을 비비면서 눈을 가늘게 떴다.

"컴퍼스를 마지막으로 본 게 어디서니?"

엄마가 물었다.

"물론 학교에서지요."

코니가 퉁명스럽게 대답했다.

"우리는 이제 막 도형을 배우기 시작했는데요, 린트만 선생님이 새 학년에 올라가서 정확히 우리가 중단했던 곳에서부터 다시 시작할 거라고 했어요."

내일 다시 개학이라는 생각을 하니 코니의 기분은 순식간에 우울해졌다. 왜 방학은 늘 이렇게 짧은 것일까? 정말 짜증나고 불공평한 일이었다. 늦잠을 자고 게으름을 피우는 데에 조금 익숙해질 만하면 벌써 책가방을 싸서는 공부를 하러 가야 하는 것이다.

잠깐만! 책가방을 싼다고? 코니는 벌떡 자리에서 일어났다.

"이런 멍청이! 제도용구 케이스는 분명히 책가방 안에 있어!"

마우가 코니를 노려보더니 휙 도망을 쳤다. 누구는 침대 위에서 안절부절못하고 있는데, 어떻게 저렇게 계속 편하게 잠만 잘 수 있을까?

"자, 그럼 이제 된 거지?"

코니의 엄마가 시계를 보았다.

"어? 벌써 두 시 반이 다 되었네! 빨리 나가 봐야겠다."

"병원에 다시 가야 해요? 오늘 오후는 비번 아니었나요?"

코니가 조금 놀라면서 물었다. 엄마는 고개를 돌리고 말했다.

"내가 예방 주사를 놓을 차례야. 그래서 오늘은 좀 늦을 거야. 야콥은 체조하러 갔는데, 아빠가 나중에 데려올 거고. 너는 방학 마지막 날인데 어떻게 보낼 거니?"

"먼저 내 멍청한 책가방부터 찾아야겠어요."

코니가 말했다.

"오래 걸릴지도 모르지요. 그리고 세 시에는 빌리와 안나, 디나와 함께 시내에서 약속이 있어요. 새 공책 몇 권과 파일을 사야 하거든요."

"그럼 오후 시간 잘 보내고 아이스크림이나 하나씩 사 먹으렴. 여름 방학이 끝나는 기념으로."

코니의 엄마는 가방에서 지갑을 꺼낸 다음 코니에게 지폐 한 장을 내밀었다.

"자, 여기, 내가 너희들에게 아주 커다란 아이스크림을 선물할게. 초코 시럽과 생크림을 듬뿍 얹어서."

코니는 엄마의 볼에 입을 맞추었다.

"엄마, 고마워요. 엄마가 최고예요."

잠시 후 자동차가 나가자 코니는 혼자가 되었다. 코니는 두 손을 허리에 짚고 방 한가운데에 서서 책가방을 마지막으로 도대체 어디에 두었을까 곰곰 생각해 보았다.

"눈에서 멀어지면 마음에서도 멀어진단다."

할머니가 늘 하시던 말씀이었다.

방학이 시작되기 전 마지막으로 학교에 간 날, 책가방과는 마음에서부터 특히 멀어지고 싶었던 것은 분명히 생각이 났다.

책가방이 원래 있어야 할 곳, '손만 뻗으면 닿을 수 있는 책상 바로 옆'에는 이미 책가방이 온데간데없었다. 문 뒤에 있는 고리에도 없었고 책장 위에도 없었다. 양말과 바지, 스웨터 사이에 책가방을 숨겼을 리는 절대 없지만, 혹시나 해서 옷장도 샅샅이 살펴보았다. 하지만 그곳에도 책가방은 없었다.

코니는 갑자기 손바닥으로 이마를 탁 쳤다. 코니는 침대 옆에 무릎을 꿇고 앉아 어둠 속을 들여다보았다. 그곳, 침대 바닥 안쪽 깊숙한 곳에 책가방이 벽에 기대어 있었다! 물론 코니가 제 손으로 밀어넣은 것이었다.

'눈에서 멀어지면 마음에서도 멀어지지.'

코니는 중얼거리면서 힘껏 손을 뻗은 다음, 손가락 끝으로 멜빵 하나를 잡아서 침대 아래에서 끄집어냈다. 몇 주 사이에 먼지가 조금 쌓여 있었다. 코니는 재채기를 할 수밖에 없었다.

"감기 조심!"

코니는 스스로에게 말하면서 씩 하고 웃었다. 그러고는 가방 옆 주머니를 슬쩍 들여다보았더니 제도용구 케이스가 그대로 있었다. 만족스러웠다.

완벽해. 이제 새 학년을 시작할 수 있어!

＊　＊　＊

"이게 말이나 되니?"

빌리가 우물거리며 말했다.

"내일이면 우리가 벌써 2학년이 된다니까, 2학년!"

빌리는 앞에 놓인 길쭉한 아이스크림 컵에 숟가락을 담갔다. 그러고는 하나 남은 앵두를 건져 올렸다.

"미치겠어, 정말!"

코니와 친구들은 광장에 있는 작은 아이스 카페의 테라스에 앉아 있었다. 탁자 한가운데에 알록달록한 파라솔이 꽂혀 있어서 적당히 서늘한 그늘을 만들어 주었다. 꽃들이 예쁘게 심어진 화분에 달려 있는 작은 바람개비들이 바람에 돌돌거리며 돌아갔다.

'정확히 일 년 전 우리가 여기서 함께 아이스크림을 먹었는데…….' 하고 코니는 생각했다. 물론 지금보다 한 살 더 어렸을 때고, 새로운 학교에서 무슨 일이 벌어질지 몰랐다는 차이는 있었다. 그 사이에 그렇게 많은 일들이 일어났다고 생각하니 믿기 어려웠다!

안나는 안경 너머로 빌리를 보면서 빌리 말에 맞장구를 쳤다.

"맞아. 이제 우리는 김나지움에 갓 입학한 어린애가 아니란 뜻이지."

코니는 입술에 묻은 생크림을 맛있게 핥아먹었다.

"중요한 것은 새로운 과목이 그렇게 많지 않다는 거야. 시간표가 이미 꽉 차 있거든."

"네 동생도 곧 학교 들어가지 않니?"

디나가 물었다. 코니가 고개를 끄덕였다.

"그래. 하지만 다음 주나 되어야지. 초등학교 입학식은 더 늦게 시작하잖아."

코니는 미소를 지었다. 이제야 초등학교 1학년이 될 야콥을 생각해 보니, 자기가 훨씬 더 어른스럽게 생각되었다.

안나는 한숨을 쉬었다.

"걔들은 좋겠다. 나도 다시 초등학교 1학년에 들어가면 좋겠다. 그때는 모든 것이 아주 간단했는데."

"신발주머니니 뭐니 잔뜩 들고 있는 1학년 아이라기엔 네가 너무 크다고 생각되지 않니? 글쎄, 나는 너희들이 무슨 소리를 하고 있는지 통 모르겠다. 나는 새 학년이 몹시 기대가 되는데. 새로 배우게 될 과목도. 나는 물리를 선택할 거야. 아주 멋진 실험을 하겠지!"

빌리의 눈동자가 기대에 차서 반짝거렸다. 디나만은 아이스크림을 먹지 않았다. 그 대신 디나는 멍한 표정으로 코코아를 포크로 젓고 있었다. 다른 손으로는 작은 냅킨 위에 연필로 그림을 그렸다.

"자, 이게 누군지 알아맞혀 봐!"

조금 뒤 디나가 냅킨을 들어 올리면서 물었다. 코니와 빌리, 안나는 푸 하고 금세 숨을 내뱉었다.

"린트만 선생님이다! 맞지!"

코니가 소리를 질렀다. 코니는 씩 웃으면서 눈 때문에 파충류라고도 불리는 담임 선생님의 모습이 그럴듯하게 그려진 스케치를 바라보았다. 안나는 냅킨을 가져가더니 디나의 예술작품을 보고 감탄하며 한숨을 내쉬었다.

"정말 부럽다. 이렇게 그림을 잘 그리면 얼마나 좋을까."

"아, 재미로 그린 건데, 뭐."

디나가 당황해서 손을 저었다.

어디선가 자전거 벨소리가 시끄럽게 들리자, 아이들은 깜짝 놀라서 돌아보았다. 남자 아이 세 명이 광장을 가로질러 달려오더니 테이블 바로 앞에서 급정거를 했다. 자갈들이 양옆으로 튀었다.

"어이, 숙녀분들! 멋진 커피 모임이라도 하는 모양이지?"

세 아이 가운데 하나가 물었다. 그 아이는 몸을 숙여 코니의 접시에서 와플 한 조각을 낚아채려 했다. 코니가 손가락을 탁 하고 힘껏 때렸는데도 그 아이는 웃을 뿐이었다.

"안녕, 마르크? 보아 하니 너네 보모들도 같이 온 모양이네?"

안나가 아무렇지도 않은 듯 인사를 건넸다. 안나가 자전거 손잡이에 기대고 앉아 있는 남자 아이들을 가리켰다. 선글라스를 끼고 야구 모자를 돌려쓴 모습이 멋지게 보였다. 코니와 빌리는 디나의 뺨이 점점 발갛게 변해 가는 것을 보고 쿡쿡 웃기 시작했다. 디나는 얼른 고개를 돌리더니 책가방에서 무언가 아주 중요한 것을 찾는 척했다.

"안녕, 코니?"

남자 아이들 가운데 하나가 선글라스를 벗었다. 코니를 향해 미소를 짓는 그 아이의 이가 하얗게 번쩍거렸다. 코니는 하마터면 와플 조각을 씹지도 않고 삼킬 뻔했다.

"파울?"

코니는 말을 더듬었다. 코니는 친구 파울이 여름 방학 동안 뮌헨에 있는 큰집에 가 있었다는 것을 알고 있었다. 그런데 방학이 끝난 뒤에 얼굴조차 몰라볼 줄은 전혀 생각지 못했다.

코니, 뭐라고 말 좀 해봐, 코니는 말을 더듬는 자신이 한심했다.

"방학 잘 보냈니?"

마침내 코니가 물었다. 파울은 운동화 끝으로 자갈 하나를 옆으로 찼다.

"응, 뭐, 괜찮았어."

파울이 중얼거렸다. 코니는 씩 웃으면서 원형 경기장 사진이 박혀 있는 그림엽서를 보내 줘서 고맙다고 말했다. 파울은 고개를 끄덕이고는 코니를 뚫어져라 쳐다보다가 고개를 슬쩍 돌렸다.

"애들아, 가자. 꺼지자구. 여기는 재미없잖아."

마르크가 참을성 없이 말했다. 남자 아이들은 자전거를 조금 밀더니 안장에 휙 걸터앉아 페달을 밟았다. 파울은 코니가 있는 쪽을 한 번 더 돌아보았다.

"그럼 내일 학교에서 보자."

파울은 어깨 너머로 소리를 지르고는 손을 흔들었다. 그리고 느긋한 동작으로 선글라스를 다시 코에 걸치고 친구들을 따라잡으려 속력을 냈다.

"그래, 내일 봐."

코니가 중얼거렸다. 테이블 주위에는 한동안 침묵이 감돌았다.

"어떻게 생각하니?"

마침내 안나가 침묵을 깼다.

"뭘?"

디나가 다정한 목소리로 물었다. 안나가 안경을 고쳐 썼다.

"남자 아이들이 점점 어른이 되어 가네."

코니가 이맛살을 찌푸렸다.

"그렇게 생각해?"

코니가 계산을 하려고 점원을 부르며 물었다.

"나한테는 방학 이전과 똑같이 멍청하게 보이던데."

빌리가 눈썹을 추어올렸다.

"파울도?"

"당연히 파울도 그렇지."

코니가 딱 잘라 말했다. 코니는 자기와 안나, 빌리, 디나도 여름 방학 동안 마찬가지로 변했을까 하고 속으로 물었다. 아마도 아주 조금 변했을 거야, 그래서 알아차리지도 못한 것 아닐까? 친구들을 살짝 곁눈질하는 것만으로 충분했다. 아니야. 아이들은 여전해. 아주 평범한, 여름 방학의 마지막 날을 즐기고 있는 열세 살짜리 여자 아이들일 뿐이야.

아이들은 시내의 문구점을 돌면서 필요한 공책과 연필, 파일 그리고 각종 문방구를 산 다음 집을 향해 갔다.

안나는 한숨을 쉬었다.

"내일 학교가 다시 시작한다는 것이 정말이니? 혹시 우리가 날짜를 잘못 알고 있는 것은 아니야?"

희망에 가득 찬 목소리로 안나가 물었다.

코니가 고개를 저었다.

"아니, 유감스럽게도 정말이야. 내일 우리의 불쌍한 학교생활이 다시 시작된단다. 이건 내 이름이 코니 클라비터라는 것만큼이나 분명한 사실이야."

"첫 시간이 영어야."

빌리가 중얼거렸다.

"우리의 친애하는 린트만 선생님 시간이지."

디나가 어두운 표정으로 덧붙였다. 디나와 코니는 잠깐 동안 함께 걸었다. 빌리와 안나는 이미 다른 방향으로 가 버리고 없었다.

"많이 어려워질까?"

디나가 물었다. 코니가 궁금한 표정으로 디나를 바라보았다.

"그게 무슨 말이니?"

디나는 멈추어 섰다.

"음, 새 학년 말이야. 솔직히 말해서 새로운 과목들 때문에 조금 불안해. 선생님들도 새로 바뀔 거잖아. 어떤 선생님들이 오실지 어떻게 알겠어?"

디나가 망설이며 말했다. 코니는 한 손을 디나의 어깨에 얹었다.

"미리 그렇게 불안해할 필요 없어, 디나. 다 잘될 거야. 걱정말라구."

2학년이 분명 아주 쉬운 학년은 아닐 것이다. 이제 코니도 한숨이 나왔다. 하지만 디나처럼 늘 저렇게 걱정만 해서야!

"아, 잘못될 게 뭐 있어!"

코니는 힘을 주어 강조했다.

"디나, 안녕. 내일 보자. 먼저 온 사람이 자리 잡아 두기다?"

저녁식사 시간에 코니는 별로 말이 없었다. 포크로 작은 고깃덩어리를 접시 위에서 이리저리, 앞으로 뒤로 굴릴 뿐이었다. 원래 고깃덩어리는 코니가 가장 좋아하는 토마토소스로 갈 것이었다.

"너는 골프라도 하는 거니?"

아빠가 즐거운 듯이 물었다.

"아니면 먹을 거니? 안 먹을 거면 아빠한테 넘겨줄래?"

코니는 갑자기 고깃덩어리를 A로 B로, 다시 C로 굴리다가 멈추었다. 그러고는 접시 위로 눈길을 돌렸다.

"예? 뭐라고요?"

코니가 멍한 표정으로 물었다. 야콥이 킥킥댔다. 아빠는 아무 말 없이 코니의 접시를 가리켰다.

"아, 이거요?"

코니가 말했다.

"아빠가 드셔도 돼요. 입맛이 별로 없네요. 아이스크림을 너무 많이 먹었나 봐요."

코니는 아빠 앞에 자기 접시를 밀어 놓았다. 코니의 아빠는 식성 좋게 2인분의 음식을 해치웠다.

"방학이 너한테는 별로였나 보네?"

아빠는 코니를 향해 한쪽 눈을 찡긋했다.

"2주 동안 노르더나이(북해에 있는 섬)에서 보낸 가족 휴가가 우리 큰딸에게는 충분한 휴식이 못 되었나 보네."

"아니요. 아빠. 노르더나이는 정말 최고였어요!"

코니가 분명하게 이야기했다. 그곳에 계속 있을 수 있다면 정말 좋았겠지 하고 코니는 속으로 생각했다. 학교와 린트만 선생님, 그리고 그 멍청이 야네테, 그리고 새로운 선생님들과 멀리 떨어져서. 그래도 디나가 한 말을 생각하지 않을 수 없었다. 그러다 코니는 머리를 흔들었다. 이런 말도 안 되는 생각을! 코니는 스스로를 꾸짖었다. 이제

나도 미쳐 버리려나!

"제 방으로 갈게요. 내일 준비물도 챙겨야겠어요."

코니가 입을 크게 벌리고 하품을 했다.

"그래. 엄마가 병원에서 돌아오면 네게 가 보라고 할게."

아빠가 말했다.

아빠는 야콥과 함께 식탁을 치우고 빈 그릇들을 식기세척기 안에 넣었다. 야콥은 신이 나서 식기들을 칸칸이 채운 다음 아빠가 시키는 대로 세제를 넣었다.

조금만 있으면 야콥도 1학년이 될 것이다. 그래도 야콥은 여전히 내 동생이야, 하고 코니는 생각했다. 코니는 그르렁거리며 다리를 휘감는 고양이 마우를 팔에 안아들고 방으로 들어갔다.

안나는 전에 코니가 꼭 듣고 싶어 하는 새 CD를 코니에게 빌려 주었다. 음울한 기타 곡조가 취향에 딱 맞는 것은 아니었지만 적어도 기분 좋을 만큼 나른하게 만들었다. 코니는 음악을 들으며 침대에 누워서 눈을 감았다.

금세 코니는 학교가 없는 나라, 오직 방학과 하얀 모래와 수정같이 맑은 물이 있는 바닷가, 그 속에서 돌고래들이 경주를 하는 나라에서 노는 꿈을 꾸었다.

다음 날 아침, 코니가 레싱 김나지움에 들어서자 떠들썩한 소리가 코니를 맞았다. 따로따로 또는 떼를 지어 학생들이 코니를 조심성 없이 밀치고 지나갔다. 학생들 사이를 뚫고 지나가는 것은 거의 불가능했다. 코니는 끙 하고 신음소리를 냈다. 왜 방학이 끝나면 학교 전체가 똑같은 시간에 시작해야 하는 것일까?

공기가 자를 수도 없을 만큼 조밀했다. 말소리 때문에 머리가 어지러웠다.

"너는 방학 때 어디 갔었어?"

"와우, 그거 멋진데!"

"정말이야?"

한 마디씩 이야기하는 소리가 들렸지만, 제대로 알아들을 수 있는 소리는 하나도 없었다. 코니는 아이들 사이를 헤치고 어렵게 앞으로 나아갔다. 아는 얼굴이 없나 살폈다. 그러다 아이들 틈에서 빌리의 머리꽁지를 발견했다.

"빌리!"

코니가 소리를 지르며 자기보다 나이 많은 남자 아이들 둘 사이를 비집고 들어갔다. 그러나 빌리의 팔 위에 손을 얹고 나서야 코니는 깜짝 놀랐다. 그 아이는 여자 아이도 아니었고 더구나 빌리는 절대 아니었다. 코니 앞에는 같은 학년의 남자 아이가 서 있었다.

"미안!"

코니는 당황해서 우물거리며 말했다.

"괜찮아."

남자 아이가 대답하고는 코니를 향해 미소를 지었다. 놀랍게도 코니의 얼굴이 빨개졌다. 왜 이래! 코니는 얼른 몸을 돌리고는 눈을 찌푸렸다. 이거 정말 창피하군! 그런데 갑자기 코니의 이름을 부르는 소리가 들렸다.

"코니! 여기야, 위쪽이야!"

분명히 안나의 목소리였다. 코니는 두리번거리다 안나와 빌리가 대강당으로 이어지는 발코니에 서 있는 것을 보았다. 안나가 반갑게 손을 흔들었다.

"여기야. 우리 여기 있어!"

안나가 다시 한 번 소리를 쳤다.

코니도 손을 흔든 다음, 학생들이 잔뜩 모여 있는 곳과는 반대 방향으로 걸어갔다.

"잘 가, 코니! 또 만나자!"

코니가 빌리로 착각한 남자 아이가 코니의 등에 대고 큰 소리로 인사를 했다. 어휴, 창피하게 인사는.

"어휴, 도대체 어디 있었니? 1교시 시작종이 곧 울릴 텐데, 우리는 아직 자리도 못 잡았잖아."

안나가 코니를 보자마자 투덜댔다. 코니가 안나를 빤히 쳐다보았다. 얘가 도대체 왜 이래?

"미안하다. 내가 날지를 못해서. 하지만 이보다 더 빨리 올 수는 없었거든."

코니가 쏘아붙였다. 빌리가 킥킥거렸다.

"상관없잖아. 중요한 것은 우리가 이제 다 모였다는 거지. 잠깐만! 디나는 어딨지?"

빌리가 이마에 주름을 지었다.

"아마도 우리 자리를 잡아 두려고 교실에 갔나 보지."

빌리는 아무 짓도 안 했는데, 코니가 비아냥거렸다.

"이렇게 하기로 했잖아. 학교에 먼저 온 사람이 나란히 네 자리를 미리 잡아 두기로."

안나가 책가방을 어깨에 메더니 앞서서 자리를 떴다.

"그럼 우리가 뭘 기다리고 있는 거니?"

빌리와 코니는 잠깐 서로 눈빛을 주고받았다. 빌리는 어깨를 으쓱했다.

"학교가 시작하는 첫날이면 많은 어린이들에게서 스트레스 호르몬이 분비된다고 하더라고. 어디선가 읽었어."

빌리가 킥킥거리면서 코니를 아이들이 몰려 있는 곳으로 끌어당겼다.

코니와 빌리가 2A반 교실에 도착했을 때, 교실은 굉장한 흥분 상태로 팽팽해져 있었다. 누군가 방학이 끝난 기념으로 작은 장난을 친 것이 분명했다. 아주 멋진 솜씨로 책상과 의자들이 피라미드처럼 쌓여 있었다. 교실에 있던 모든 가구들이 위아래로, 그리고 좌우로 한

구석에 서 있었다. 모든 가구들이 서로서로 꼭 맞물려 있어서 의자 하나도 뺄 수 없게 쐐기처럼 박혀 있었다.

디나가 코니에게 다가왔다.

"미안해. 빈자리를 맡아 둘 수가 없었어."

"무슨 말이야? 나도 지금 보고 있잖아."

코니가 웃으면서 창틀에 걸터앉았다. 코니는 손바닥으로 자기 옆 자리를 두드렸다.

"자, 빨리, 제일 좋은 자리를 뺏기기 전에."

디나와 빌리는 코니의 왼쪽과 오른쪽에 자리를 잡고 앉았다. 안나 도 그 사이에 정신을 차리고는 사이를 비집고 들어왔다.

"저것 좀 봐!"

안나는 가구 피라미드 쪽을 고갯짓으로 가리켰다.

"내가 이렇게 정신 나간 반에서 공부를 해야 한다니, 믿고 싶지 않 아."

야네테가 얼굴이 빨개져서는 씩씩댔다. 야네테는 책상 하나를 잡 아 빼려 했지만 아무 소용이 없었다. 그 바람에 분홍색으로 곱게 칠 한 손톱만 부러질 뻔했다.

"여기 누군가 정신 나간 아이가 있다면 쟤 하나뿐일걸! 책상을 저 렇게 잡아당기다가는 전부 한꺼번에 무너질 거라는 것을 모르나?"

코니가 다른 애들에게 소곤거렸다. 야네테는 책상을 포기하고는 주위를 둘러보았다. 그러고는 화난 얼굴로 코니를 노려보았다.

"야, 나 좀 봐."

야네테가 낮은 목소리로 위협적으로 말했다.

"네가 방금 뭐라고 속닥댔는지 내가 못 들었을 것 같니? 겁도 없이 그 따위 말을 잘도 하는구나. 방학 때 뻔뻔스러워지기 학원이라도 다닌 거야, 뭐야?"

야네테의 가장 친한 친구들이자 수다쟁이 동아리 멤버인 아리아네와 자스키아가 심술궂게 웃었다. 다행스럽게도 바로 이 순간, 종이 울렸다. 그러고는 몇 초 뒤에 문에서 누군가 크게 소리를 쳤다.

"조용! 린트만 선생님이 떴다!"

코니와 친구들은 그냥 창틀에 앉아 있었다. 책상과 의자들을 정리해서 제자리에 놓기 전까지는 어쨌든 창틀이 교실에서 가장 좋은 자리였다.

린트만 선생님이 리놀륨 바닥에 신발을 끌며 다가오는 익숙한 소리를 듣자, 코니는 닭살이 돋는 것을 느꼈다. 코니는 다시 한 번 숨을 깊이 들이마시고 어깨에 힘을 주었다.

마침내 린트만 선생님이 교실 문을 열고 들어섰다. 그런데 린트만 선생님 맞아?

코니는 두 눈을 가늘게 떴다. 린트만 선생님이 방학 동안 아주 달라졌다는 것을 알 수 있었다. 충분히 휴식을 취한 듯 보였고, 어딘지 모르게 더 젊어져 있었다. 조금 마르고 갈색으로 그을린 선생님이 아이들 앞에 섰다. 그러고는 밝고 경쾌한 목소리로 교실이 쩌렁쩌렁 울리도록 "굿모닝, 걸스 앤 보이즈?" 하고 소리쳤다. 머리카락도 달라져 있었다. 세련된 커트와 회색빛 머리 색깔은 찡그린 얼굴과 어울려 친절한 인상마저 주었다.

'방학이 누구에게 좋으냐고? 바로 선생님이지.' 하고 코니는 생각했다.

그러나 난장판 피라미드를 보는 순간 선생님의 친절한 인사가 싹 사라지고 말았다.

"이게 무슨 일이야?"

린트만 선생님의 목소리가 갈라졌다. 선생님은 믿을 수 없다는 표정을 지으며 책상과 의자가 만들어 놓은 탑을 향해 다가갔다. 바닥에 아주 편하게 퍼질러 앉은 파울과 마르크를 밟지 않도록 조심해야 했다.

"누가 이런 거니?"

선생님이 날카로운 목소리로 물었다.

이제 코니는 분명히 알 수 있었다. 자기 앞에 서 있는 사람은 바로 예전의 늙고 못생긴 용이라고. 오직 늙고 못생긴 용만이 심장을 멎게 만들고 핏줄 속의 피를 얼어붙게 만드는 그런 목소리를 낼 수 있기 때문이었다.

"처음부터 이렇게 되어 있었는데요."

디나가 용기를 내어서 말했다.

린트만 선생님은 성가신 곤충을 바라보듯이 디나를 바라보았다.

"그래?"

린트만 선생님이 눈썹을 치켜세우고 말했다.

"이런, 이건 정말 믿을 수 없군. 그런데 내가 어떻게 이……, 이……."

린트만 선생님은 두 팔을 쳐들고는 적당한 낱말을 찾으려고 애를 썼다.

"이 엉망진창 난리통 속에서 수업을 할 수가 있겠니? 대답 좀 해 줄래?"

디나가 어깨를 으쓱했다. 자기가 그걸 어떻게 알아? 이거야 정말 선생님의 문제지!

교실 문을 두드리는 소리가 들리자, 모두 동시에 고개를 그쪽으로 돌렸다. 금발 소년 하나가 교실 문에 기대어 서 있었다.

"미안합니다!"

그 아이는 하품이 나오는 것을 억지로 참는 것처럼 보였다.

"이곳이 애들 유치원인가요, 아니면 린트만 선생님의 교실인가요? 이곳으로 가 보라고 하던데요. 저는 새로 온 필립 그라프라고 합니다."

그 아이는 고개를 살짝 숙여 보였다. 조금 긴 머리가 얼굴 위로 흘러내렸다. 교실 안은 쥐죽은 듯 조용했다. 린트만 선생님마저 당황해서는 할 말을 잃었다.

"와우!"

누군가 속삭이는 소리가 코니에게 들려왔다. 분명히 야네테였다.

"귀엽게 생겼다!"

"저 잘난 체하는 녀석은 또 뭐냐?"

구석에서 남자 아이들이 소리를 죽여 말하는 소리도 들렸다.

"아! 맞아, 필립. 너를 잊을 뻔했구나."

린트만 선생님이 시계를 슬쩍 보더니 말했다. 선생님은 그 남자 아이에게 다가가더니 손을 내밀었다.

"하지만 네가 너무 늦게 온 탓이다. 내 수업은 일 초도 틀리지 않고 정각에 시작하거든."

선생님은 손목시계를 톡톡 두드리더니 앞에 서 있는 남자 아이를 시험이라도 보는 눈빛으로 바라보았다.

"나는 내 수업이 규칙을 지키지 않는 학생 때문에 방해받는 것을 참지 못한다. 늦게 온 사람은 밖에 있어야 해!"

필립은 씩 웃더니 한 걸음 뒤로 물러났다.

"그 말씀은 저더러 다시 가도 좋다는 뜻인가요?"

그 아이는 기대에 가득 찬 표정으로 묻고는 어느 새 돌아서려는 몸짓을 보였다.

린트만 선생님은 숨을 훅 들이마셨다. 코니는 눈을 크게 떴다. 어떻게 저럴 수 있을까! 그러나 린트만 선생님은 얼른 제 정신을 다시 차렸다.

"맞아, 바로 그 뜻이야."

선생님은 차가운 목소리로 말했다.

"하지만 관리사무소로 가렴. 엥엘 아저씨에게 우리를 좀 도와달라고 전해 주렴. 관리 사무소가 어디인지는 알고 있지?"

필립은 화가 났을지는 모르지만, 어쨌든 눈에 띄지 않게 행동했다. 그저 고개를 끄덕였다.

"예, 물론이지요. 방금 그곳을 지나쳐 왔거든요."

남자 아이는 다시 몸을 반쯤 숙였다.

"그 동안 제 책가방을 좀 봐주시겠어요?"

린트만 선생님이 뭐라고 대답하기도 전에 필립은 자기 책가방을 선생님 팔에 안기고는 휙 돌아서서 가 버렸다. 조금 뒤에는 필립이 길을 달려 내려가며 즐거이 휘파람을 부는 소리가 들렸다. 코니와 디나, 빌리, 안나는 멍하니 서로를 쳐다보았다. 다른 아이들과 마찬가지로 뭐라 말해야 할지 몰랐다. 야네테를 둘러싼 계집아이들만 서로 고개를 처박고는 뭐라 소곤거릴 뿐이었다.

린트만 선생님은 필립의 책가방을 벽에 기대어 놓고 아이들을 향해 말했다.

"마르크, 파울, 그리고 다른 남자 아이들은 책상하고 의자들을 내려놓아라."

선생님이 지시를 했다.

"엥엘 아저씨가 곧 이리로 와서 너희들을 도와줄 거야."

관리 아저씨의 도움을 받고서도 책상과 의자를 전부 제자리에 놓고 학생들이 모두 앉을 때까지는 거의 한 시간이나 걸렸다. 코니와 친구들은 창가의 좋은 자리를 차지했다. 너무 앞자리도 아니고, 너무 뒷자리도 아닌, 아주 적당한 자리였다. 그리고 야네테와 다른 계집애들하고도 아주 먼 자리였다.

"이게 도대체 어떻게 된 일인지 모르겠습니다, 린트만 선생님."

엥엘 아저씨가 턱을 문질렀다.

"방학 동안 교실은 전부 잠겨 있었거든요. 그건 분명합니다. 오늘 아침에야 내가 직접 교실 문들을 열었는데……."

웃음을 참느라 킥킥대는 소리가 들려 코니는 뒤를 돌아보았다. 새로 온 필립이 맨 뒷줄에서 의자를 흔들어 대고 있었다. 필립은 코니와 눈이 마주치자, 이마에서 머리칼을 걷어낸 다음, 씩 하고 웃었다.

린트만 선생님이 한숨을 쉬었다.

"예, 예. 하지만 다시 모든 것이 제자리로 돌아왔잖아요."

선생님은 부드러운 눈빛으로 관리 아저씨를 교실에서 나가게 했다.

"도와주셔서 고맙습니다. 아저씨. 좋은 하루 보내세요."

선생님은 관리 아저씨에게 인사를 하고는 교실 문을 닫았다. 그러고는 아이들을 향해 이야기했다.

"너희들은 공책을 꺼내서 새로운 시간표를 적도록 해라. 너희들은 이제 2학년이 되었어. 앞으로 잘하는 아이들과 못하는 아이들 사이에 더 큰 차이가 날 거야. 할 일이 아주 많아질 거라구."

"야, 그것 참 기대되는데요!"

누군가 즐겁게 소리쳤다.

코니는 보지 않고도 누가 소리를 질렀는지 알 수 있었다. 필립이었다. 빌리와 안나가 킥킥댔다. 디나는 고개를 저을 뿐이었다.

린트만 선생님은 뒤돌아서서 삑삑거리는 소리를 내며 칠판에 시간표를 적었다.

"누가 그 말을 했는지 전혀 알고 싶지 않구나."

선생님은 뒤도 돌아보지 않고 툭 내뱉었다.

"이렇게만 알아 둬. 오늘 할 공부를 따라잡으려면 쉬는 시간도 없이 공부해야 할 거야. 우리는 너무 많이 시간을 낭비했어."

여기저기서 아이들이 끙 하는 신음소리가 들렸다. 린트만 선생님이 아이들의 신음소리를 중단시켰다.

"상상력 풍부한 가구 예술가에게 고마워하렴."

선생님이 냉정하게 이야기했다.

쉬는 시간이 되었을 때도 2A반은 모두 투덜거리면서 자리에 그대로 앉아 있었다. 마르크가 손을 들더니 질문을 했다.

"그래도 아침 간식은 먹어야 하지 않나요?"

린트만 선생님은 고개를 저었다.

"안 돼. 다음 쉬는 시간으로 미루도록 해라. 새 과목들과 과목 선생님들을 소개해 줘야 하니까. 그런 다음에는 반장도 뽑아야 한단다."

맨 뒷줄에 앉은 필립이 손을 들었다.

"먹고 마시는 것은 인간의 기본권입니다, 린트만 선생님. 그것을 못하게 할 수는 없지요."

필립이 아주 친절한 목소리로 말했다. 필립은 가방에서 주스 병을 꺼내더니 뚜껑을 열고는 크게 한 모금 들이켰다.

아무 대답도 하지 않고 린트만 선생님은 수첩을 꺼내더니 뭐라고 적어 넣었다. 그런 다음 탁 하고 수첩을 덮더니 필립이 있는 쪽을 향해 말했다.

"필립! 바로 첫째 날, 첫 번째 경고다. 이 반에서 세운 신기록인 것 같구나."

필립은 다시 주스 한 모금을 마셨다.

"아이고, 쟤가 이제 살기가 싫어졌나?"

안나가 어처구니없다는 듯 속삭였다. 코니는 어깨를 으쓱하며, 덩달아 속삭였다.

"정말! 그런 거 같은데."

린트만 선생님은 수첩을 내려놓고 반 아이들 앞을 이리저리 왔다 갔다 했다.

"너희들이 어렵지 않게 확인했듯이 이번 학년에도 내가 너희들 담임을 맡게 되었다. 우리는 수학과 영어 공부도 함께 하게 될 것이다. 알버스 선생님은 계속해서 독일어와 지리, 그리고 체육을 가르칠 거야. 그리고 저번 수학여행에서 만났던 슈테른 선생님이 미술 수업을 맡아 주신다."

최고다! 코니는 엄지를 공중으로 치켜들었다. 알버스 선생님과 젊은 교생 선생님인 슈테른 선생님이라면 정말 잘 지낼 수 있을 것 같았다. 다른 선생님들의 이름은 잘 알 수 없었다. 린트만 선생님이 이름들을 칠판에 적지 않고 그냥 입으로 불러 주었기 때문이다.

괜찮아, 하고 코니는 생각했다. 때가 되면 다들 스스로 소개할 것이기 때문이다.

시간표는 정말 부담스럽게 느껴졌다. 날마다 여섯 시간씩! 목요일만 다섯 시간이었다. 코니는 끙 신음소리를 냈다. 이것을 어떻게 견뎌낸단 말인가.

"그럼 이제 반장을 뽑도록 하자."

린트만 선생님이 코니의 생각을 멈추게 했다.

"추천할 사람이 있으면 추천해 주기를 바란다."

아리아네의 손이 재빨리 올라갔다.

"저는 야네테를 추천합니다!"

아리아네가 소리를 지르고는 이것으로 선거가 끝나기라도 한 듯

승리에 찬 얼굴로 주위를 둘러보았다.

"동의합니다!"

자스키아도 거들었다.

린트만 선생님은 칠판에 야네테의 이름을 적었다.

"절대로 기대에 어긋나지 않는군."

빌리의 속삭이는 목소리가 들려왔다.

"내 눈에 흙이 들어가기 전에는 안 되지."

빌리는 입을 굳게 다물더니 손을 들어 올렸다. 린트만 선생님이 안경 너머로 빌리를 바라보았다.

"응, 빌리?"

빌리는 숨을 깊이 들이마신 다음, 말했다.

"저는 코니 클라비터를 반장으로 추천합니다!"

코니는 깜짝 놀라 의자에서 떨어질 뻔했다.

"너 미쳤니?"

자기도 모르게 험한 말이 입에서 튀어나왔다.

"나는 반장 될 생각이 눈곱만큼도 없단 말이야!"

빌리가 씩 웃었다.

"그래도 너를 추천할 수는 있잖아, 안 그래?"

"안 된다니까!"

코니가 씩씩댔다.

"저도 코니에 찬성합니다."

안나가 손을 들었다.

"저도요!"

디나의 목소리였다. 린트만 선생님이 두 손을 들어올렸다.

"잠깐, 잠깐!"

선생님은 야네테 이름 아래에 코니의 이름을 적었다.

"우리가 거기까지 가려면 아직 멀었어. 먼저 추천만 해 다오. 그 다음 투표는 물론 비밀리에 하는 거지."

다른 아이들 몇몇도 손을 들어 올린 다음, 다른 아이들을 추천했다. 마침내 칠판에 여섯 명의 후보 이름이 적혔다. 여자들 가운데는 코니와 야네테, 라우라, 남자들 가운데는 마르크와 팀, 토비아스였다.

"또 누가 있니?"

린트만 선생님이 물었다. 선생님은 한 손에 분필을 들고 교탁 뒤에서서 아이들이 더 추천하기를 기다렸다. 아무도 추천하는 사람이 없자, 선생님은 분필통에 분필을 내려놓았다.

"좋아. 그럼 종이를 한 장 꺼내서 희망하는 후보자 이름을 쓰기 바란다. 각자 두 사람의 이름을 쓸 수 있는데, 한 사람은 여자 반장, 다른 한 사람은 남자 반장이다. 아주 간단하고 민주적인 시스템이지. 가장 많은 표를 얻는 사람이 당선되는 거다. 질문 있니?"

야네테가 멀리서 코니를 향해 야릇한 미소를 날렸다. 야네테는 느긋하게 뒤로 기대어 앉아서 자기 손톱을 바라보았다. 그러고는 연습장을 한 장 찢더니 보란 듯이 천천히 이름을 쓰기 시작했다.

야네테가 자기 이름을 쓴다는 것은 불을 보듯 뻔했다. 하지만 그럼 왜 안 되겠어? 코니는 생각했다. 선거는 비밀 투표로 이루어진다. 그리고 야네테는 한 표가 아쉬울 것이다. 그래야 한다면 자기가 자기 이름을 쓰는 것도 당연하다.

코니는 칠판에 적혀 있는 자기 이름을 쳐다보았다. 뛰어나가서 자기 이름을 박박 지워 버렸으면 싶었다. 빌리는 도대체 무슨 생각으로 그랬담? 코니는 옆을 바라보았지만, 빌리는 똑바로 앞을 쳐다보면서 즐거운 듯이 미소를 짓고 있었다. 빌리는 이미 이름을 쓴 종이를 접어서 한 손에 쥐고 있었다.

"저도 반장 선거에 나가겠습니다."

마지막 줄에서 목소리가 들렸다. 필립이 손을 번쩍 들고 있었다.

"제 이름도 칠판에 적어 주시겠습니까? 필립 그라프입니다."

충격과 놀라움, 솔직한 혐오가 뒤섞인 스물여덟 명의 두 눈과 파충류의 두 눈이 그 새로운 친구를 빤히 쳐다보았다.

"뭐, 조금 늦었기는 하지만, 받아들이기로 하자."

린트만 선생님이 중얼거리더니 필립의 이름을 명단에 올렸다. 선생님은 이게 끝이라는 듯이 후보자들의 명단 아래에 분필로 굵직하게 선을 쫙 그었다.

"자, 이것으로 더 이상의 추천은 받지 않겠다. 이제 결정을 하도록 해라."

"필립 그라프, 아주 멋진 녀석이군!"

마르크가 나지막하게 빈정거렸다. 하지만 모두가 들을 수 있을 만큼 소리가 컸다.

필립은 단지 한쪽 눈썹을 위로 추켜올렸다. 필립은 종이를 아주 조심스럽게 접어서 린트만 선생님에게 건넸다. 종이가 다 걷히자 선생님은 파울과 디나에게 개표를 도와달라고 했다. 어쨌든 모든 것이 정확히 진행되어야 했다. 한 표 한 표가 잘못 계산되거나 두 번 계산되면 안 되었다. 또 한 표도 빠뜨려서는 안 되었다. 선생님의 철저한 감독 속에 파울은 종이를 펼친 다음, 디나에게 이름을 불러 주었다.

"마르크와 코니."

파울이 소리를 내어 이름을 읽었다. 파울은 코니가 있는 쪽을 바라보며 씩 웃었다. 코니는 그 자리에서 땅속으로 꺼지거나 적어도 쥐구멍에라도 들어가고 싶었다.

"팀과 코니."

파울의 미소는 더 크게 번졌다. 파울은 종이를 높이 들어올렸다. 코니의 이름 아래에 멋진 말 머리가 그려져 있었다.

"아이구, 맙소사!"

코니가 끙 소리를 냈다. 투명 인간이라도 되었으면, 아니면 열 때문에 집에서 침대에 누워 있었으면 하고 바랐다. 무엇이든 지금 이곳에 있는 것보다는 나을 것 같았다!

안나는 얼굴이 조금 붉어져서 재빨리 창밖을 바라보았다. 아까 그 종이는 자기가 쓴 것임을 모두한테 알릴 필요는 없지 않은가.

"낙서가 조금 되어 있더라도 상관없어. 선거에는 지장을 주지 않아. 제발이지 이름만 읽을래, 파울?"

린트만 선생님이 불만을 표시했다.

"토비아스와 야네테."

파울이 입을 삐죽했다. 파울이 야네테 이름을 소리 내어 읽을 때는 마치 앵두 씨에 침을 잔뜩 묻혀서 멀리 내뱉는 것처럼 들렸다.

야네테의 이름 뒤에 선을 그어야 할 때마다 디나의 가슴은 무거웠다. 그러나 코니가 앞서 나갔다. 디나는 엄지 손가락을 치켜세웠다.

이어지는 표들은 라우라와 팀, 마르크에게로 갔다. 라우라가 금세 코니를 크게 앞지를 것처럼 보였다. 남자 쪽 마르크도 마찬가지였다. 야네테와 토비아스, 팀은 쭉 뒤로 처졌다.

그런데 파울이 계속해서 다섯 번이나 새 친구의 이름을 불렀다.

"전부 다 필립 표야. 어떤 표엔 하트까지 그려져 있네."

파울이 투덜댔다. 교실 여기저기에서 웅성거리는 소리가 들렸다. 파울은 단념할 수가 없었다. 파울은 종이를 높이 들어올렸다. 린트만 선생님이 갑자기 사나운 눈빛으로 파울을 쏘아보았다.

빌리는 칠판에 표시된 선을 세어 보았다. 라우라가 이미 반장으로 확정되었다. 더 이상 따라갈 수가 없었다.

"그럼 너는 대변인이 되는 거네. 그것도 괜찮지?"

빌리가 코니를 향해 속삭였다.

코니가 고개를 끄덕였다. 대변인이라면 괜찮다. 그런데 남자 쪽은 아직 결정된 것이 없었다. 마르크와 필립이 선두를 다투고 있었다! 마지막 표를 얻는 사람이 반장이 되는 거였다.

"정말 긴장되는데."

파울이 마지막 종이를 펼치기 시작하자, 코니가 속삭였다.

"마지막 표는 라우라."

파울이 소리쳤다. 파울의 눈이 결과를 알리는 순간 가늘어졌다.

"라우라가 이겼네요."

파울은 잠깐 말을 멈추었다가 종이를 이리저리 흔들었다. 교실 안에는 잔뜩 궁금증을 안은 침묵이 퍼져 나갔다. 디나는 한 손을 칠판에 올리고는 숨을 멈추었다.

"파울! 빨리 끝내야지. 이름을 말해!"

린트만 선생님이 손목시계를 보면서 재촉했다. 파울이 자기 머리를 긁었다.

"필립!"

파울이 마침내 한숨을 쉬었다.

"내가 계산을 잘못하지 않았다면 한 표 차이로 필립이 마르크를 이겼습니다."

교실 안은 바늘 떨어지는 소리도 들을 수 있을 만큼 갑자기 조용해졌다. 린트만 선생님은 칠판에 그어진 선들을 찬찬히 바라보더니, 요란스럽게 헛기침을 했다.

"맞게 세었구나, 파울. 필립이 한 표 차이로 이겼어. 결과를 받아들이겠니?"

선생님이 새 친구에게 물었다.

"물론이지요."

필립이 대답했다. 필립은 교실을 한 바퀴 빙 둘러보았다.

"나를 지지해 줘서 고마워. 마음속으로 빌어 준 아이들에게는 특히나 더."

필립이 이렇게 덧붙이자, 몇몇 여자 아이들이 쿡쿡 웃었다. 린트만 선생님이 필립에게 손짓을 했다.

"축하한다. 앞으로 나와서 짧게 자기소개를 해 줄래? 여러 학생이 너에게 찬성표를 던진 건 정말 놀랍구나. 너를 잘 알지도 못하는데 말이야."

"뭐, 앞으로 달라지겠지요!"

필립은 책상을 옆으로 훌쩍 뛰어넘더니 칠판 쪽으로 다가갔다. 린트만 선생님이 라우라를 보고 말했다.

"너도 축하한다. 네가 우리 반 반장이 되었다. 결과를 받아들이겠니?"

"예."

라우라가 활짝 웃으며 대답했다.

"받아들이겠어요. 그런데 저도 나가서 자기소개를 해야 하나요? 다들 내가 누군지 아는데요."

모두들 와 하고 웃었다. 린트만 선생님은 고개를 저었다.

"아니야. 넌 그럴 필요가 없을 것 같구나."

선생님은 2등을 한 코니에게도 축하를 보냈고, 마지막으로 마르크를 보고 말했다.

"너는 대변인으로 당선되었다. 정말 축하한다."

마르크는 상당히 실망한 것처럼 보였다. 그러나 다른 아이들이 그것을 알아채기를 바라지 않았기 때문에 씩씩하게 고맙다고 말했다.

린트만 선생님은 새로 선출된 반장들을 보고 고개를 끄덕였다.

"자, 필립, 부탁한다. 하지만 짧게 해 주기를 바란다. 시간이 별로 없구나."

필립은 선생님을 보고 아주 매력적인 미소를 보냈다. 코니는 새 친구가 아주 침착하다는 사실에 놀라고 있었다. 필립은 마치 세상에서 가장 자연스런 일이라는 듯, 허옇게 바랜 바지 주머니에 두 손을 깊숙이 찔러 넣고는 반 아이들 앞에 섰다.

"내 이름이 무엇인지, 다시 말할 필요 없겠지, 안 그래?"

필립이 물었다. 다시 몇몇 여자 아이들이 킥킥거리며 웃기 시작했다. 파울은 보란 듯이 손가락 하나를 입 안에 찔러 넣고 우웩, 하고 소리를 냈다. 필립은 그것을 그냥 무시했다.

"이 정도만 말하면 되겠지."

필립이 말을 이어갔다.

"나는 열네 살이고, 얼마 전에 이곳으로 이사 왔어. 우리 부모님과 나는 한동안 외국에서 살았어. 나는 정치와 과학에 관심이 많아. 그리고 나는 하키와 축구를 하고 저번 학교에서는 육상부에 있었어."

코니는 생각에 잠긴 듯 만년필을 입에 물고 있었다. 새 친구는 그러니까 운동을 잘하고, 다른 친구들보다 한 살이 더 많은 것이다.

"쟤는 일 년 꿇었나 봐."

안나가 코니의 생각을 읽기라도 한 것처럼 코니에게 속삭였다.

마르크가 손을 들었다.

"그런데 너는 왜 전학을 온 거니?"

코니는 아주 잠깐 필립의 얼굴에 불안감이 스치는 것을 보았다.

"말했잖아. 우리가 이사를 와서 전학을 해야 했어."

필립이 싫은 내색을 하며 말했다.

린트만 선생님이 필립 옆에 섰다.

"필립은 2학년을 한 번 더 다니게 되었어. 그전 학교하고 우리 학교하고 배우는 게 다르기 때문이야. 필립은 부모님과 함께 나미비아에서 2년 간 살았는데, 그곳에서는 국제 학교에 다녔단다."

필립이 반항적으로 말했다.

"한 학년을 다시 다니는 게 죄는 아니잖아요."

"아니지. 물론 아니야."

린트만 선생님이 두통이라도 있는 것처럼 관자놀이를 문질렀다. 쉬는 시간을 알리는 종이 울렸다.

"쉬는 시간에 너희들끼리 서로 더 친해졌으면 좋겠구나. 그리고 새 시간표를 잘 보도록 해라. 곧바로 미술 시간이다. 우리는 내일 첫째 시간에 다시 보도록 하자."

선생님은 서류 가방을 챙겨 들고는 서둘러 교실을 나갔다.

* * *

"네가 될 수 있었는데, 아깝다! 최고로 멋진 반장이 될 수 있었을 텐데! 하지만 대변인도 괜찮지, 뭐!"

빌리가 말을 꺼냈다. 빌리는 코코아에 빨대를 꽂고 한 모금 마셨다.

코니는 눈을 한 번 흘기고는 힘껏 자기의 사과를 깨물었다. 아삭, 소리가 났다.

"원래는 내가 너를 목 졸라 죽여야 하는데."

코니가 이를 갈며 이야기했다.

"너는 어떻게 나를 추천하겠다는, 그런 멍청한 생각을 했니?"

코니는 아주 익숙한 솜씨로 사과 고갱이를 쓰레기통에 던져 넣고는 친구의 옆구리를 쥐어박았다.

"야, 조심해! 내 코코아!"

빌리가 코코아를 얼른 치우면서 씩 웃었다.

"그런데 걔는 정말 잘생겼더라. 그건 인정할 수밖에."

안나가 끼어들었다. 안나의 두 눈이 마치 꿈을 꾸는 듯 안경 뒤에서 몽롱하게 빛났다. 코니는 어리둥절한 표정으로 안나를 바라보았다.

"도대체 누구 이야기를 하는 거니?"

"음, 그 새 친구 이야기지. 물론 나도 네가 반장이 되었으면 했어."

안나가 얼른 말을 바꾸었다.

"하지만 필립과 라우라가 뽑혔잖아. 그건 어쩔 수 없는 일이지. 그게 민주주의지."

디나가 친구들 사이를 파고 들어왔다.

"나이 많은 친구가 반장이 되면 좋은 점이 있을 거야. 일 년 동안 정말 많은 일이 있잖아. 특히 남자 아이들에게는. 남자 아이들은 성장이 느리니까 말이야."

디나가 코니와 안나, 빌리를 향해 눈을 찡긋했다.

"알잖아, 경험이나 그런 것 말이야."

경험? 코니가 볼을 부풀렸다. 하지만 한 살 더 먹었다고 해서 걔가 더 영리하다는 뜻은 절대 아니잖아!

"다른 거 뭐 있겠어? 그냥 일 년 꿇은 거지. 그러면 다른 아이들보다 자동으로 한 살 더 먹는 거잖아."

"그래도 아주 잘생겼잖아. 그건 너도 부정하지 못할 거야. 그리고 걔 부모님이 나미비아에서 독일 대사로 일했다고 들었어."

안나가 코니를 노려보았다.

"그전에 다른 나라에서 국제 학교에 다녔고, 외교관 일 때문에 들어왔다 나갔다 했으면, 우리 학교에서 적응하는 것이 쉽지는 않을 거야. 외교관은 외국에서 우리나라를 대표하는 일이잖아. 중요한 정치가들과 나라 손님들이 계속해서 찾아갔을 거라고."

코니는 이 말에는 답을 하지 않기로 작정했다. 안나가 왜 갑자기 새 친구를 저렇게 싸고도는 것일까? 그리고 이런 정보는 모두 다 어디서 들었을까?

틀림없이 야네테한테 들었을 거야, 흥! 코니는 콧방귀를 뀌었다. 야네테는 정말 모르는 게 없었다. 낄 데나 안 낄 데나 다 끼기 때문이었다.

코니는 쉬는 시간이 끝나서 기뻤다.

"우리 오늘 오후에 수영장에 갈래?"

코니는 화해라도 할 심산으로 그렇게 물었다. 안나가 고개를 저었다.

"오늘 승마하러 가야 해."

"봐서. 약속은 못 하겠어."

디나가 말했다.

"나는 갈래. 세 시에 입구에서 보자, 오케이?"

빌리가 웃으며 말했다. 코니가 빌리 말을 그대로 따라 했다.

"오케이. 정각 세 시에!"

"우리 반에 새로운 아이가 하나 왔어요. 필립 그라프라는 아인데, 정말 잘난 척 대마왕이에요."

점심시간에 코니가 이야기를 했다. 코니의 엄마는 야채 피자 한 조각을 접시 위에 덜어 놓으면서 고개를 갸웃했다.

"흠, 그라프라고 했니? 걔가 어디 사는데?"

코니는 피자를 한 입 베어 물었다.

"몰라요. 우리 학교에 왔으니 어쨌든 이 근처에 살겠지요."

코니가 우물거리면서 말했다.

"내 기억이 맞다면 며칠 전 신문에서 변호사 그라프라는 광고를 본 것 같아."

엄마가 생각에 잠긴 표정으로 말했다.

"맞아, 율리우스 그라프. 국제법 변호사. 아주 특이한 분야지. 그래서 내 눈에도 띄었을 거야. 법률 사무소가 근처에 있다니, 믿기 힘들지, 응? 충분히 너와 같은 나이의 아들이 있을 수 있겠지?"

"하지만 필립은 나랑 동갑이 아니에요."

코니는 다시 송이버섯과 치즈가 잔뜩 올려진 피자 한쪽을 집어 들었다.

"걔는 벌써 열네 살인데 우리 반에서 2학년을 다시 다니는 거예요. 걔는 늦게 학교에 와서는 자기 스스로 반장이 되겠다고 나섰어요. 생각 좀 해 봐요. 얼마나 웃긴지."

"한 학년을 다시 다니는 게 그리 부끄러운 일은 아니지. 누구나 그럴 수 있잖아. 그런데 걔는 왜 반장 선거에 나가면 안 되니? 믿을 만한 아이 같은데. 그리고 자신감도 있는 것 같고. 걔를 좀 더 알 때까지 판단을 미뤄 두는 것이 어떠니?"

"내 생각에 그것은 포기해야 할 거 같은데요. 걔는 정말 내 마음에 안 들어요. 그만 일어서도 되나요?"

코니는 쭉 늘어지는 치즈와 씨름하는 야콥을 바라보았다. 코니는 의자를 조금 뒤로 밀었다.

"조금 할 일이 많아요. 세 시에는 빌리를 수영장에서 만나기로 했어요."

"응, 서둘러야겠네. 야콥도 금방 친구 집에 가야 하고, 나도 곧바로 병원에 가야 한다. 오늘 저녁에나 다시 보겠구나."

엄마가 말했다. 코니는 엄마의 볼에 입을 맞추고는 야콥의 머리를 쓰다듬어 주었다.

"안녕! 조금 있다 보자."

* * *

코니가 세 시 조금 넘어 수영장에 도착했을 때, 빌리는 보이지 않았다. 코니는 수영장 이곳저곳을 왔다 갔다 하면서, 빌리가 벌써 가 버렸으면 어떡하지, 하고 걱정을 했다. 몇 분 늦은 것이 그리 잘못한 것도 아닌데 말이다.

바로 그때, 코니의 등 뒤에서 벨소리가 들렸다. 하지만 그것은 빌리가 아니라 파울이었다. 파울은 자전거를 타고 자갈길을 빙빙 돌다가 코니 바로 앞에서 멈추어 섰다.

"안녕? 너 혼자 왔니?"

파울이 물었다.

"아니, 빌리를 만나기로 했어. 디나도 올지 몰라."

파울은 자전거를 보관대 쪽으로 밀었다.

"아, 그래."

파울이 중얼거렸다. 조금 실망한 듯이 보였다.

"그래, 너도 같이 가지, 뭐. 아니면 너도 약속이 있니?"

코니가 재빨리 말했다.

파울은 자기 산악자전거 뒷바퀴에 체인을 감고 나서 자물쇠가 단단히 잠겼는지 확인했다.

"응, 약속은 안 했어. 마르크와 다른 아이들이 와 있을지 몰라. 하지만 상관없어."

파울이 대답했다. 여름 햇볕에 그을린 파울은 조금 붉게 보였다. 파울의 주근깨 하나하나가 보일 지경이었다.

"안녕, 얘들아!"

코니와 파울은 깜짝 놀라 뒤를 돌아보았다.

"안녕, 빌리! 딱 시간 맞춰 오셨네."

코니가 빌리를 보고 소리쳤다. 코니는 수영복 가방을 어깨에 올려 메고 빌리를 껴안았다.

"미안."

빌리가 미소를 지었다.

"엄마가 심부름을 시키잖아. 세상에, 생쥐 한 마리가 우리 집 지하실로 들어오려고 했단다. 생쥐를 붙잡아서 정원에 놓아 주고 나서야 집에서 나올 수 있었다니까."

"네가 생쥐를 잡았다고? 어떻게 잡았어?"

코니가 놀라서 물었다.

"저, 방해할 생각은 없는데……. 그런데 우리 함께 수영장에 들어갈 거야, 말 거야? 저 뒤에 마르크와 다른 아이들이 있어서 말이야."

파울이 끼어들었다. 코니와 빌리는 잠깐 눈길을 주고받았다. 빌리는 어깨를 으쓱했다.

"안녕, 파울!"

마르크가 수영장 앞뜰 건너편에서 소리를 질렀다. 마르크는 남자아이 몇 명과 매표소 앞에 서 있다가 공중으로 축구공을 던졌다.

"너도 왔구나?"

파울은 마르크에게 손을 흔들고 나서 어쩔 줄 모르고 서 있었다.

"같이 수영하는 건 다음에 하지, 뭐. 그렇게 하자."

코니가 말해 주었다.

파울의 표정이 환하게 밝아졌다.

"그래. 그러자."

파울이 입구 쪽을 향해 돌아섰다. 잠시 뒤에 파울의 친구들이 소리를 지르면서 파울을 맞아 주었다.

"남자 아이들이란!"

빌리가 한숨을 쉬었다.

"그러게 말이야."

코니가 씩 웃으며 답했다.

"얼른 가자. 이러다 물속에 들어가기도 전에 수영장 문 닫겠다. 그리고 네가 어떻게 생쥐를 잡았는지도 듣고 싶어."

코니가 빌리의 팔을 붙잡고는 자기 쪽으로 끌어 당겼다.

조금 뒤 아이들은 5미터 다이빙대 가까이에 빈자리를 차지했다. 아이들은 잔디밭 위에 커다란 수건을 깔았다.

"앗, 이런!"

빌리가 갑자기 소리를 질렀다. 막 머리부터 발끝까지 선크림을 바른 참이었다.

코니는 사지를 쭉 뻗고 드러누워 눈을 감고 피부 위에 쏟아지는 아주 따뜻한 햇빛을 즐기는 중이었다.

"왜 그래? 무슨 일이야? 뭐에 물리기라도 했니?"

코니가 선글라스를 코끝으로 내리면서 물었다.

"아니야, 저기 아래쪽을 봐! 저기 우리 반 새 반장 아니니?"

빌리가 잔디밭 건너 수영장의 다른 쪽을 가리켰다. 코니가 급히 일어나 앉느라고, 옆에 있던 물병을 건드려 물병이 넘어졌다. 코니는 한 손으로 이마를 가리고 빌리가 가리키는 쪽을 바라보았다.

정말이었다! 밝은 미소와 금발 곱슬머리로 보아하니 틀림없었다. 바로 그 순간 필립이 코니를 바라보았다. 코니는 깜짝 놀랐다. 심지어 손까지 흔들었다. 코니는 재빨리 수건 위에 누워서 다시 선글라스를 썼다.

"뭐, 어때?"

코니는 아무 일도 아니라는 듯이 소리를 높였다.

"수영장은 공공장소잖아. 쟤가 이 근처에 사니까 좋든 싫든 자주 만나게 되겠지."

빌리가 코니 옆에 눕더니 눈을 감았다.

"뭐, 그렇다는 얘기지."

빌리는 조금 화가 난 듯 중얼거렸다. 그러나 빌리의 얼굴이 붉어지는 것을 코니는 분명히 보았다.

한참 동안 두 아이는 아무 말 없이 나란히 누워 있었다. 코니는 빌리가 잠이 들었나 보다고 생각했는데, 빌리가 갑자기 몸을 일으켰다.

"자, 누가 먼저 물속에 들어가나 시합!"

빌리가 소리를 지르고는 달려가기 시작했다.

코니도 벌떡 일어나서 달려 나갔다. 코니는 수건들과 사람들 사이를 요리조리 피해 달려가면서 빌리를 따라잡으려고 했다. 하지만 빌리는 한참이나 앞서 있었다. 빌리는 아주 멋진 다이빙을 해서 코니의 바로 코앞에서 물속으로 들어갔다.

코니는 망설였다. 이곳에서 다이빙은 금지였다. 그리고 누군가 금지 사항을 어겼을 때, 수영장 관리인은 인정사정 안 봐 주는 사람이었다. 파울은 세 번이나 다이빙을 했다는 이유로 수영장에서 쫓겨난 적도 있었다.

아, 어떻게 하지? 코니는 생각했다. 그러다 앞으로 한 바퀴 핑 돌면서 타일을 바른 수영장 가장자리를 차고 나갔다. 물이 머리 위를 팍 치기 전에 코니가 들은 마지막 소리는 날카로운 호루라기 소리였다.

젠장! 코니는 힘껏 물속으로 잠수했다. 갑자기 머리 위에 버둥거리는 팔과 다리들이 보였다. 코니는 숨을 꾹 참고, 위험 지역에서 벗어남과 동시에 소리치고 있는 관리인으로부터 되도록 멀리 떨어지려고 했다.

숨을 더는 참을 수 없게 되자 코니는 바닥을 발로 찼다. 코니는 숨을 훅 내쉬면서 물 위로 떠올랐다. 처음 다이빙한 곳에서부터는 상당히 떨어진 곳이었다.

코니는 발을 동동거리면서 그 자리에 떠 있었다. 관리인 아저씨가 수영장 가를 따라 걸으면서 수영하는 사람들 틈에서 코니를 찾는 것이 보였다. 아저씨 얼굴은 화가 나서 빨갛게 되어 있었고 코니를 잡아먹기라도 할 듯이 호루라기를 이로 꽉 물고 있었다.

상황이 이렇게 심각하지만 않았더라면 코니는 큰 소리로 웃고 말았을 것이다. 관리인 아저씨는 안나의 개와 닮은 데가 있었다. 개가 뼈다귀라도 하나 뜯을 때면 꼭 그렇게 진지했던 것이다!

"수영장에서 다이빙하는 것은 엄격히 금지되어 있다는 것을 모르니?"

갑자기 목소리 하나가 귓속으로 들어왔다. 코니는 깜짝 놀라 뒤를 돌아보았다. 그러다 유감스럽게도 물을 한 모금 먹고 말았다.

"그리고 이제는 수영장 물을 아예 다 마셔 버리려고 하는구나!"

필립이 자유형으로 천천히 코니 주위를 헤엄치고 있었다. 필립의 갈색 눈이 즐거운 듯 반짝였다.

"늘 이런 식이니?"

코니는 콜록콜록 기침을 해 대면서 물 속 염소의 나쁜 맛을 떨쳐 버리려 애썼다. 잠수를 한 덕분에 눈은 따갑고 머리카락은 미끄러운 촉수처럼 얼굴에 달라붙어 있었다.

사람 살려! 나는 분명히 해저 괴물처럼 보일 거야.

코니는 손으로 재빨리 이마에 있는 머리카락을 걷어 내고 평소처럼 숨을 쉬려고 애썼다. 그 사이에 필립은 계속해서 백상어처럼 코니 주위를 맴돌고 있었다.

코니는 대놓고 필립을 무시하면서 주변을 둘러보았다. 물장구를 치는 아이들과 편안하게 헤엄을 치는 사람들 틈 어딘가에 분명히 빌리가 숨어 있을 것이다. 그런데 어디에?

언제나 그랬다! 빌리가 필요할 때, 빌리는 언제나 그곳에 없었다.

아이스크림 가게 앞에 길게 늘어선 사람들 사이에 파울과 마르크, 그리고 톰이 보였다. 그러나 이 순간은 같은 반 아이들과 아이들의 멍청한 이야기들은 포기해도 좋았다.

"네 이름이 코니지, 맞지?"

필립이 물었다. 필립은 빙빙 도는 짓을 그만두고 이제는 코니처럼 제자리에서 발만 움직였다. 코니가 고개를 끄덕였다.

"응, 맞아. 여기 혼자 왔니?"

필립이 미소를 지었다. 상당히 친절하게 보이는 미소였다.

코니가 필립에게 물었다.

"아니, 내 새로운 하키팀 친구들 몇 명하고 같이 왔어. 너는?"

필립은 등을 대고 누운 채 물 위를 움직이기 시작했다.

"친구 빌리하고 왔어. 지빌리아라고 알지? 걔도 우리 반인데."

코니가 말했다.

공 하나가 코니 바로 옆에 툭 떨어졌다. 필립이 익숙한 동작으로 공을 되돌려 주었다. 필립이 손짓을 하면서 소리를 질렀다.

"금방 갈게!"

필립이 다시 코니를 보고 말했다.

"내 친구들이 던진 거야. 우리 배구할 건데, 같이 할래?"

필립이 코니를 빤히 쳐다보았다.

살려 줘, 안 돼! 코니의 머릿속이 복잡해졌다. 모르는 남자애들과 함께 배구를? 그것보다는 두 시간 동안 야콥하고 야콥 친구들, 그리고 벼룩 한 주머니를 봐 주는 것이 낫지.

다행히 바로 이때, 코니는 빌리를 발견했다. 빌리는 천천히 팔을 저어 겨우 몇 미터 떨어져서 헤엄치고 있었다. 빌리는 코니를 아예 찾아볼 생각도 하지 않는 것 같았다.

"아니, 안 되겠어. 고마운데, 다음에 같이 해. 저 뒤쪽에 내 친구가 있어서."

"아쉽네."

필립은 숨을 깊이 들이마셨다가 물속으로 들어갔다. 그러고는 코니 바로 뒤에서 다시 모습을 드러냈다. 필립은 코니의 어깨를 톡톡 두드렸다.

"안녕, 내일 보자."

코니는 고개를 이리저리 돌려 보았다.

"응? 응, 안녕!"

코니가 대답했다.

그러나 필립은 이미 가 버린 뒤였다. 필립이 수영장 가로 올라가서는 긴 머리에서 물을 떨어내는 것이 보였다. 그러고는 기다리고 있는 친구들에게 뛰어가면서 배구공을 받았다.

"내가 생각한 것만큼 멍청한 녀석은 아닌가 보네."

코니는 천천히 팔을 저으면서 생각했다.

코니는 슬쩍 뒤를 돌아보았다. 풀밭 위에서 몇몇 남자 아이들이 토스나 리시브를 하는 것이 보였다. 필립의 금발 머리는 어디에서도 볼 수가 없었다. 그때 누군가 코니의 옆구리를 툭 찔렀다.

"아. 코니. 어디에 있었니?"

빌리가 비난하는 목소리로 말했다.

"나도 너한테 묻고 싶다."

코니가 웃었다. 코니는 가볍게 물속으로 뛰어들었다.

"관리인 아저씨한테서 도망치고 있었어. 아저씨가 이제 날 찾는 것을 포기했나 봐."

"방금 너랑 이야기하고 있었던 애는 누구야? 물속으로 들어가는 모습만 봤는데."

빌리가 호기심 어린 얼굴로 물었다. 코니는 다시 한번 물속으로 머리를 박았다.

"아, 걔!"

다시 물위로 나오면서 코니가 말했다. 코니가 손을 저었다.

"새로 온 애, 필립. 자, 가자. 아이스크림이나 하나 사 먹자고."

두 아이는 아이스크림을 맛있게 핥으면서 수건이 깔려 있는 곳으로 천천히 돌아왔다. 빌리는 코니에게 생쥐 잡았던 이야기를 해 주었다.

"네가 그 생쥐를 봤어야 하는데! 얼마나 작은지!"

빌리가 소리를 질렀다. 빌리는 엄지와 검지로 생쥐의 크기를 만들어 보였다.

"그리고 그 눈!"

빌리가 한숨을 쉬었다.

"바늘구멍만큼이나 작고 귀여운 눈동자에, 수염은 내내 바들바들 떨더라고. 얼마나 귀엽던지! 그런데도 우리 엄마는 징그럽다고 아주 난리를 치더라니까."

빌리가 이마를 확 찌푸렸다.

"그런데 그 생쥐를 어떻게 잡았니?"

코니가 물었다.

"쥐덫으로 잡았지. 만일의 경우를 대비해서 내가 사 놓은 거야. 작은 플라스틱 관에 맛있는 미끼를 놓아 둬. 생쥐가 속으로 들어오면 고리가 탁 위로 올라가면서 생쥐가 잡히는 거야."

자기의 가장 친한 친구 빌리가 동물을 얼마나 사랑하는지 잘 알고 있었기 때문에 코니는 이맛살을 찌푸렸다.

"그 불쌍한 생쥐에게는 아무 일도 안 일어났지, 응?"

빌리가 웃었다.

"무슨 소리야? 물론 처음에는 생쥐가 엄청 놀랐지. 그러고 나서는 맛있는 먹이로 달려가서는 아주 편안하게 모두 먹어 치우더군. 그러는 동안 나는 쥐덫째 정원으로 가져갔어. 생쥐는 아예 나오고 싶어 하지 않더라고. 이제 더 이상 먹을 것이 없다는 것을 알고 나서야 밖으로 나와서 도망쳤어."

"귀엽다! 네가 계속 걔를 데리고 있을 수 없어서 안됐다. 나도 꼭 봤으면 좋았을 텐데."

"맞아, 아깝지."

빌리가 동의했다.

"하지만 애완동물로 생쥐를 기른다고 하면 우리 엄마가 절대로 허락하지 않을 거야."

"우리 엄마도 이해심을 자랑하실 것 같지 않다, 얘. 고양이 마우는 말할 것도 없고!"

코니가 킥킥댔다.

아이들은 수건 위에 드러누워서는 온 몸을 쭉 뻗었다.

"아하, 나는 이 나른한 오후가 좋더라!"

빌리가 눈을 감았다.

"나도. 왜 늘 이렇게 지내면 안 되는 거지?"

코니가 중얼거렸다.

저녁에 코니는 침대 탁자 서랍에서 일기장을 꺼냈다. 코니의 가장 귀중한 이 보물은 수학여행 기념으로 할머니가 선물한 것이었다.

"일기장에는 고민이 되는 것, 걱정이 되는 것, 모두 다 써 넣을 수 있단다. 일기장에 그런 것을 써 넣고 나면 틀림없이 더 나아질 거야."

할머니가 말씀해 주셨다.

그것은 맞는 말이었다. 코니가 직접 경험한 사실이었다. 그리고 나중에 일기장을 넘겨보며 지나온 일을 되돌아보는 것도 재미있었다.

그 사이에 할머니가 사 주신 일기장은 마지막 페이지까지 꼭 찼다. 그래서 엄마가 방학 때 새로운 일기장을 선물해 주었다. 일기장은 천

으로 싸여 있었는데, 천에는 코니가 가장 좋아하는 빨강과 하양 줄무
늬가 쳐 있었다. 여기에 진짜 바다 모래와 아주 작은 조개껍데기로
채워진 투명 수성펜이 달려 있었다. 코니는 펜을 몇 번 흔들었다. 아
주 천천히 모래가 펜의 한쪽 끝에서 반대쪽 끝으로 흘러내렸다.

"야옹!"

마우가 소리를 냈다. 마우가 문틈으로 앞발을 내밀었다. 코니가 문
을 활짝 열어 주었다. 마우는 재빨리 방 안으로 기어 들어와서는 침
대 위로 뛰어올라가 온 몸을 핥기 시작했다.

"야, 저리 좀 가! 여긴 내 침대라구!"

코니가 볼멘소리를 하고는 고양이 옆에 앉았다.

아주 잠깐 마우가 자기 털을 다듬는 짓을 멈추었다. 고양이는 앞발
을 내리고는 코니를 생각에 잠긴 눈으로 바라보았다. 그리고 나서 고
양이는 다른 쪽 발을 들어 올려 얼굴과 귀를 씻기 시작했다.

코니는 펜을 잘근잘근 씹으면서 고양이를 한동안 바라보았다. 그
러면서 일기장에 무엇을 적을까 곰곰 생각해 보았다.

"너는 일기장이 없어서 안됐다. 너도 쓸 것이 아주 많을 텐데."

코니가 마우에게 말했다.

우리 반에 새로운 친구가 왔다.

필립 그라프.

걔는 머리가 길고 벌써 열네 살이다.

처음에는 아주 건방지게 등장했다.

필립은 자기 스스로를 반장으로 추천했다!

하지만 그런 것이 나미비아에서는 흔한 일인지도 모른다.

그전에 그곳에서 살았다잖아. 어쨌든 안나는 그렇게 주장했다.

코니는 잠깐 멈추었다. 왼쪽 발에 쥐가 나서 미친 듯이 가려웠다. 다리를 뻗었다가 오므렸다 하면서 코니는 기회가 있으면 도대체 나미비아가 어디에 있는지 지도를 한번 살펴봐야겠다고 생각했다. 남아프리카 어디라는데, 와우! 그곳은 정말 멋진 곳일 거라는 생각이 들었다. 그곳에서 살면 얼마나 좋을까?

필립은 반장으로 선출되었다.

한 표 차이로 이기기는 했지만, 된 건 된 거다.

대부분의 아이들은 걔가 쿨해서 뽑아 준 것일 거다.

그리고 내 생각에 여자 아이들 절반은 걔한테 반한 것 같다. 안나마저도!

안나가 허풍을 떤 것일지도 모른다.

빌리는 나를 반장으로 추천했다. 나한테는 묻지도 않고.

정말 믿을 수가 없다. 다행히 나는 대변인이 되는 데 그쳤다.

그거면 나한테는 충분하다.

오후에는 빌리와 함께 수영장에 갔다. 그런데 그곳에 누가 있었게?

그 새로운 친구!

마우가 가볍게 코를 고는 소리가 들렸다. 마우는 동그란 털실 뭉치처럼 몸을 둥글게 말고 꿈을 꾸고 있었다.

57

수영장에서 필립은 정말 친절하게 굴었다.

학교에서보다는 훨씬 친절했다.

우리는 서로 이야기도 했다.

그리고…….

"코니! 야콥!"

엄마가 부르는 소리가 들렸다.

"저녁 먹어라!"

"금방 갈게요."

야콥의 목소리가 자기 방에서 들렸다.

"저도요!"

코니도 소리를 질렀다. 부엌에서는 아주 근사한 냄새가 났다. 코니는 갑자기 배가 고파졌다. 코니는 재빨리 일기장을 덮고 침대 탁자 서랍에 넣었다. 나중에 좀 더 쓸 시간이 있을 것이다.

하지만 새로운 친구에 대해서 내가 뭐 얼마나 대단한 것을 쓸 수 있겠어? 걔를 잘 알지도 못하잖아.

다음 며칠 동안 코니는 일기를 쓸 기회도 없었고, 필립과 더 가까이 지낼 기회도 없었다. 학교 공부 때문에 코니와 친구들은 바빠서 다른 것에는 신경을 쓸 수가 없었다.

"방학 동안 푹 쉰 것이 다 허사가 됐어."

린트만 선생님이 새 학년의 두 번째 단어 시험을 알리자, 코니가 투덜댔다.

"날마다 산더미 같은 숙제를 해야 하고, 게다가 시험 준비도 해야 하고 보고서도 써야 하니 말이야."

안나와 디나도 고개를 끄덕였다. 빌리만 즐거운 표정이었다.

"별것 아니잖아. 숙제 몇 가지쯤이야!"

"그렇지? 너한테는 그까짓 것 누워서 떡 먹기겠지. 이 슈퍼 브레인! 너는 타고났잖아."

코니는 빌리가 초등학교에서 한 학년을 건너뛰었다는 것을 은근히 드러내면서 입을 삐죽거렸다.

"그런데 지금 나는 아주 평범한 학생들에 대해서 이야기하는 중이거든. 나처럼."

"그래, 나도. 이번 주에 말을 타러 단 한 번도 못 갔어. 이 시간에는 단어 시험, 다른 시간에는 문법 시험, 그리고 다음 주에는 독일어 시험도 있다니까."

생각만 해도 지겹다는 듯 안나가 한숨을 쉬며 몸서리를 쳤다.

아이들은 학교 운동장 한구석에 놓여 있는 벤치에 앉아 있었다. 디나는 자기의 스케치북을 무릎 위에 올려놓았다. 선 몇 개로 디나는 운동장에서 벌어지고 있는 일을 스케치북에 담아내고 있었다. 학생들, 쉬는 시간이 끝났다고 알려 주는 당번들, 심지어는 막 쓰레기통을 비우는 엥엘 아저씨, 모두가 들어 있는 완벽한 풍경화였다.

"너는 미술은 틀림없이 백점을 맞을 거야."

디나의 어깨 너머로 스케치를 보며 안나가 말했다. 디나가 고개를 끄덕였다.

"아마, 그게 유일한 백점일 거야. 다른 과목은 말도 못 해. 지난번 단어 시험은 완전히 망쳤다니까. 그리고 수학은 생각만 해도……."

디나가 연필을 내려놓으며 인상을 확 구겼다.

"누구 앞에서 그런 말을 하니?"

코니가 끙 하고 신음소리를 냈다.

"높이가 6센티미터이고 지름이 3센티미터인 원기둥 안에 들어 있는 원뿔의 외곽선의 길이는 얼마인가?"

코니는 수학 숙제를 소리 내어 읽었다. 코니는 이마를 손으로 짚고는 고개를 흔들었다.

"내가 이런 것을 어떻게 아니? 식을 쓰기는커녕 질문이 무슨 뜻인지도 모르겠다."

"근데 그건 아주 쉬워. 높이와 지름이 주어져 있으니까 말이야. 공식만 알고 있으면 되지. 이 경우에는……."

빌리가 말을 하다 멈췄다.

"미안! 내가 방해 좀 해도 되겠니?"

벤치 위로 시커먼 그림자가 나타났다. 여자 아이들이 한꺼번에 고개를 들었다.

"어머! 우리 반 반장님께서 어인 일로!"

안나가 놀라서 소리를 질렀다.

필립이 씩 웃었다. 필립이 한 팔에 종이 한 묶음을 안고 있다가 그 가운데 넉 장을 뽑아냈다. 그러고는 그것을 안나에게 건넸다.

"자, 여기. 이것은 고학년의 청소년 캠프에 관해 학교에서 만든 안내지야. 너희들도 혹시 같이 갈 생각 없니?"

필립은 잠깐 코니를 보고 고개를 끄덕해 보이고는 가던 길을 가려 했다.

"잠깐만! 무슨 청소년 캠프야?"

안나가 필립의 등에 대고 소리쳤다.

필립이 돌아섰다.

"안내지에 다 나와 있어!"

필립도 소리 질러 답을 했다.

"그래도 질문이 있으면 다음 번 학급회의 시간에 자세히 이야기할 거니까 그때 물어봐."

필립은 손을 가볍게 흔들고 나서 다른 학생들에게도 안내지를 나누어 주었다.

코니는 안나에게서 안내지 한 장을 받아들고 소리 내어 읽었다.

1~2학년을 위한 마법의 유카(청소년 캠프).

13학년의 프로젝트 코스.

유카가 1학년과 2학년 학생들을 위해 발트제에서 청소년 캠프를 엽니다. 야간 하이킹, 여러 가지 신나는 게임, 다채로운 저녁 활동, 그리고 각종 워크숍을 비롯한 여러 가지 다양한 놀이 프로그램이 참가자 여러분을 기다리고 있습니다.

유카에서 여러분은 다른 반 친구들과 사귈 수도 있고, 새로운 우정을 맺을 것이며, 창조적이 될 수 있으며, 무엇보다도 재미를 만끽할 것입니다. 우리는 커다란 텐트 아래에서 밤을 보낼 것이며 잘 훈련받은 그룹 지도자들의 보호를 받게 될 것입니다. 몇몇 선배들 또한 지도자 훈련을 받기 위해 이 유카에 참가하게 됩니다.

주말 연휴 3일 동안 참가비용은 55유로입니다. 참가자 수는 제한되어 있습니다. 시간에 늦지 않게 서무실에 등록하시기 바랍니다.

여러분의 유카팀

코니는 안내지를 내려놓으며 친구들을 둘러보았다.

"재미있어 보이는데, 너희들 생각은 어때?"

빌리가 고개를 끄덕했다.

"언제 시작하는 거야?"

"4주 후에. 나는 갈래. 너희들은?"

"물론이지! 결정한 거다!"

빌리가 말했다. 안나가 머뭇거렸다.

"우리 부모님이 허락할지는 모르겠다."

"내가 갈 수 있으면, 너도 갈 수 있을 거야."

코니가 자신 있게 말했다.

"우리 부모님은 분명히 허락하실 거야. 내가 스스로 학교에서 하려는 일을 하다니, 정말 괜찮은데."

코니는 한 손을 쭉 뻗었다. 빌리가 얼른 코니의 손바닥을 자기 손바닥으로 탁 쳤다. 안나도 두 사람과 손뼉을 부딪쳤다.

"너는 어떻게 할 거야?"

코니가 디나에게 물었다. 디나는 자기 스케치북을 덮었다.

"뭐, 너희 셋이 가겠다면야 나도 물론 함께 가야지!"

디나도 다른 아이들과 손뼉을 부딪쳤다.

수업 시작을 알리는 종이 울리자, 코니는 안내지를 접어서 바지 주머니에 넣었다. 텐트에서 보내는 캠프라! 갑자기 학교가 그렇게 나쁜 곳은 아니라는 생각이 들었다. 캠프가 시작되기까지 몇 주간, 가볍게 견뎌낼 것이다.

마지막 수업이 끝나고 자전거 보관소로 갈 때, 파울이 코니를 뒤쫓아 왔다. 파울이 코니의 어깨를 두드렸다.

"안녕, 코니? 같이 갈래?"

파울이 말했다.

코니는 무슨 일인가 싶었다. 학교가 다시 시작된 후 파울은 코니를 본체만체했었다. 대부분의 시간을 파울은 마르크나 톰, 그리고 다른 남자 아이들과 함께 보냈다. 그래도 코니는 어깨를 으쓱했다.

"그래, 그게 뭐 어렵겠어?"

그렇지 않아도 두 사람은 집으로 가는 길이 같았다.

코니는 채워 둔 자물쇠를 열고 조심스럽게 보관소에서 뒷걸음질을 쳐서 자전거를 끄집어냈다. 새빨간 몸체와 새하얀 안장. 그리고 윤기 없는 새까만 흙받이가 달린 이 자전거를 코니는 몹시 자랑스러워했다. 7단 기어에 두툼한 타이어, 정말 꿈의 자전거였다!

엄마와 아빠가 생일 선물로 사 준 것이었다. 야콥에게서는 멋진 벨을 선물로 받았다. 안나와 빌리, 그리고 디나에게서는 바퀴살에 끼우는 작은 장식들을 받았다.

"아주 멋진데."

파울이 인정해 주었다. 코니가 씩 웃었다.

"당연하지."

코니는 휙 안장에 올라탄 다음, 페달을 밟았다.

"너도 청소년 캠프에 가니?"

파울이 물었다. 파울은 코니 옆을 나란히 달리면서 잠깐 동안 두 손을 핸들에서 놓았다.

"응, 물론. 너는 안 가?"

코니가 되물었다. 파울은 커브길이 나타나자 다시 핸들을 잡았다.

"나도 가지! 이런 기회를 놓칠 수는 없지. 그런데……."

파울이 뭔가 생각하는 표정을 지었다.

"그런데 뭐?"

코니가 물었다.

파울은 코니를 바라보았다.

"그 잘난 체하는 녀석이 간다면, 나는 같이 갈 생각이 전혀 없어."

"누구 말하는 거니?"

"아, 그 새로 온 녀석이지! 필립 백작!(필립의 성 그라프는 독일말로 백작이라는 뜻)"

파울이 싫은 티를 냈다.

코니는 큰 소리로 웃을 수밖에 없었다.

"필립 백작이라고? 그건 또 무슨 말이야?"

코니가 느릿느릿 말했다.

"왜, 딱 맞잖아?"

파울이 대답했다. 파울은 기어를 한 단 올리더니 화가 난 듯 페달을 밟아 댔다. 코니가 파울을 따라잡기 위해서는 더 힘껏 페달을 밟아야 했다.

"너는 왜 걔를 그렇게 싫어하니? 우리는 걔에 대해서 아직 잘 알지도 못하잖아."

코니가 씩씩거렸다.

"나는 그냥 걔가 싫어. 그리고 그런 것을 알기 위해서 아주 잘 알아야 하는 것도 아니잖아. 그 건방진 태도만 봐도 충분해."

파울이 다시 기어를 한 단 더 높였다. 코니는 잠깐 동안 뒤처져서 파울을 따라갔다. 코니가 더 이상 자기를 쫓아오지 않는다는 것을 알고 파울은 그제야 속도를 늦추어 천천히 가기 시작했다.

"너도 걔가 괜찮다고 말할 생각일랑 절대 하지 마라. 마르크가 그러는데, 우리 반 여자 아이들은 모두 필립한테 반했다며?"

파울은 자전거 길을 뚫어져라 쳐다보았다.

"너도 그러니?"

잠깐 뜸을 들였다가 파울이 코니에게 물었다.

"너 이제 완전히 어떻게 된 것 아니니?"

코니는 자전거 길 한가운데서 브레이크를 힘껏 밟았다. 코니가 파울을 노려보았다.

"누가 그래, 내가 개한테 반했다고? 마르크가 그러던?"

대답을 기다리지도 않고 코니는 다시 페달을 밟기 시작했다.

"멍청이 자식!"

코니가 욕을 하면서 이제는 파울을 보려고 하지도 않았다.

"흥, 가만 두지 않을 거야!"

코니가 자기 집으로 가는 길목으로 꺾어들자, 파울이 중얼거렸다.

"뭐, 마르크가 꼭 너를 두고 한 말은 아니었어. 우리 반 여자 아이들 전체를 두고 일반적으로 한 말이지. 바로 그렇게 흥분하지는 마."

"일반적이든 뭐든 상관없어."

코니가 파울을 향해 퍼부었다. 코니는 여전히 화가 머리끝까지 나 있었다.

"여자 아이들이 모두 필립에게 반했건 어쨌건 내겐 상관없어. 나는 말이야, 나는 절대 그렇지 않으니까. 그리고 내가 언제 흥분해야 할지 말지 내게 명령하지 마, 알았어?"

코니가 힘을 주어 말했다.

파울은 금세 풀이 죽었다. 그러나 파울이 뭐라고 변명도 하기 전에 코니는 휙 가 버렸다.

멍청한 녀석, 내가 누구에게 반할 사람이야?

파울은 어떻게 그런 바보 같은 생각을 하게 되었을까?

점심을 먹자마자 코니는 자기 방으로 들어갔다. 침대에 드러누워 음악이나 듣고 싶은 생각이 굴뚝같았다. 그러나 유감스럽게도 숙제가 산처럼 쌓여 있었다. 그리고 내일 있을 단어 시험 준비도 해야 했다.

그런데도 얼마 지나지 않아 파울과 마르크에 대한 분노가 구름처럼 공중에 퍼져 나갔다. 그러나 코니는 그 녀석들에게 화를 내는 대신, 성가신 수학 숙제에 대해 화를 내고 있었다.

"리자는 케이크를 똑같이 네 조각으로 나누었어요."

코니는 큰 소리로 수학 문제를 읽었다. 코니는 팔꿈치를 책상 위에, 머리는 손바닥 위에 얹고 있었다.

"A : 조각 하나의 끝부분의 각은 몇 도인가요?

 B : 케이크 반 개에는 $30°$ 짜리 조각이 몇 개나 들어 있나요?

 C : 케이크 3/4의 1/18조각과 케이크 1/4의 1/6조각 가운데 어
   느 조각이 더 큰가요?"

코니는 끙, 신음소리를 냈다.

"어휴! 이걸 내가 어떻게 알아?"

머리에서 김이 모락모락 나는 느낌이 들었다. 코니는 열심히 생각에 생각을 거듭했다. 그럼에도 불구하고 해답은 전혀 떠오르지 않았다.

"에이, 관두자."

코니는 이를 북북 갈았다. 코니는 수학책을 덮어 저만치 밀쳐 버렸다.

"저녁에 아빠한테 물어봐야겠다."

코니가 영어 단어 공부를 막 시작하려고 할 때, 대문에서 벨소리가

났다.

"코니 누나! 안나 누나 왔어!"

야콥이 소리를 질렀다. 코니는 벌떡 일어났다. 마침내 이 멍청한 숙제로부터 구해 줄 누군가가 나타난 것이다. 코니는 재빨리 계단을 뛰어 내려갔다. 그래서 문 바로 앞에 멈추어 섰을 때 하마터면 안나와 부딪힐 뻔했다.

니키가 깜짝 놀라 짖기 시작했다. 안나가 니키를 쓰다듬어 주면서 살살 달랬다.

"안녕? 너 정말 급했구나! 누가 쫓아오기라도 하는 거니?"

안나가 웃으며 인사를 했다.

"응, 그놈의 수학 문제들이."

코니가 얼굴을 찡그리며 미소를 지었다.

"네가 나를 구하기 위해 아주 때 맞춰 와 준 거야."

"그래?"

안나가 코니의 코 앞에 대고 작은 공책을 흔들었다.

"널 산책에 데려가려고 특별히 온 거야. 내 생각엔 우리가 서로 영어 단어를 물어보면서 공부하면 좋을 거 같아서 말이야."

코니가 한숨을 쉬었다.

"네 말이 맞아. 그리고 맑은 공기를 마시면서 공부하면 더 잘될 거야."

코니가 시계를 보더니 야콥을 보고 말했다.

"엄마가 금방 돌아오실 거야. 엄마한테 나, 안나랑 니키랑 산책 나갔다고 전해 줘."

"그래."

야콥이 말했다. 야콥은 부엌 쪽으로 달려갔다.

"그렇다고 내 것까지 다 먹어 치우지 마!"

코니가 야콥의 등에 대고 소리쳤다.

"아까 네 초코바 하나 벌써 먹었잖아."

코니는 니키를 쓰다듬었다.

"자, 가자! 공원으로 갈까?"

"좋아. 거기 풀밭에는 니키를 풀어 놓을 수 있으니까. 그럼 니키도 실컷 뛰어놀 수 있겠지."

아이들이 하는 말을 모두 다 알아들었다는 듯이 이 잡종개는 훌쩍 뛰어내리더니 신나게 꼬리를 흔들어 댔다.

"자, 얼른 가자. 뭘 기다리는 건데?"

"아마도 네가 여기에다 네 단어장을 놓고 가지는 않을까 해서."

코니가 웃었다.

"절대 그럴 리가 없지! 오늘 공부해야 한단 말이야."

안나가 인상을 쓰며 진지하게 말했다.

공원으로 가는 도중에 두 아이는 벌써 서로 몇몇 단어를 물어보았다. 얼마나 단어가 잘 외워지는지 코니는 깜짝 놀랐다. 영어 공부도 둘이 하니까 더 잘된다는 것을 알게 된 것이다.

"우리 좀 더 자주 이렇게 하자."

코니가 안나에게 말했다.

"혼자서 공부하는 것보다 훨씬 더 재미있다, 그렇지?"

"응, 정말 좋은 생각이야."

안나도 그렇다고 생각했다. 안나는 사람이 많은 길을 건너갈 때, 니키의 목줄을 짧게 잡았다.

"저기 봐. 저 위쪽에 파울과 마르크가 있어."

코니는 안나가 가리키는 쪽을 보았다. 두 남자 아이가 간이매점 앞에 서서 감자튀김을 나누어 먹고 있었다.

"아, 재들은 요즘 만날 붙어 다니더라."

코니가 말했다. 코니는 잠깐 동안 자기가 파울과 다투었다는 것, 마르크가 같은 반 여자 아이들에 대해 주장한 것을 안나에게 이야기해야 하나 생각했다. 그러나 아무 말도 하지 않기로 결심했다. 멋진 오후를 왜 망치겠는가? 코니는 고개를 딴 데로 돌리면서 파울이 손을 흔드는 것을 무시해 버렸다.

풀밭에는 개들이 많이 있었다. 크고 작은 다양한 색깔의 다양한 종류의 개들이 서로 쫓아다니기도 하고, 주인이 던져 주는 나무막대나 공을 주워 왔다. 개들은 마음껏 짖었지만 그것을 싫어하는 사람도 없었다.

안나는 니키의 목줄을 풀어 주고 손뼉을 탁 쳤다.

"자, 니키, 달려!"

니키는 일 초도 망설이지 않았다. 마치 로켓처럼 튀어나가 멍멍 짖으면서 개들 무리에 섞여 들어갔다.

"우리 벤치에 앉을까?"

"My dog always has dog biscuits for breakfast."

코니가 벤치 있는 쪽으로 가면서 말했다.

"뭐라고?"

안나가 물었다.

코니가 웃었다.

"자, 내가 말한 것을 해석해 봐. 우리의 소중한 시간을 영어 단어 씹어 먹는 데에 쓰자는 게 누구 생각이었더라. 나니, 너니?"

"아, 그렇지. 음, 무슨 뜻이냐면, 내 개는 늘 아침으로 개 비스킷을 먹는다. 맞아?"

안나가 이마에 주름을 잡고는 말했다.

"내가 그걸 어떻게 알아?"

코니가 반격에 나섰다. 코니는 킥킥거렸다.

"니키는 니네 개잖아! 걔가 아침에 무얼 먹는지 내가 어떻게 알겠니?"

"하하."

안나가 어이가 없다는 듯 웃었다. 안나는 햇빛에 눈이 부신지 눈을 깜박거렸다.

"청소년 캠프에 대해서 부모님께 물어봤어?"

"아니, 아직 못 물어봤어. 하지만 문제가 안 될 거라고 생각해. 캠프는 해마다 열리지만, 아직 무슨 사고가 일어난 적은 한 번도 없었잖아. 그리고 발트제는 여기에서 아주 가까운 곳이고."

"응, 맞아. 우리 졸업반 선배들이 캠프를 조직해서 정말 다행이야, 안 그래? 나는 나중에 유라이카도 만들고 싶어."

"유, 뭐?"

코니가 무슨 말인지 몰라 물었다.

"청소년 지도자 카드의 준말이야."

안나가 의기양양하게 말했다.

"내가 시립 도서관에서 인터넷으로 좀 알아봤거든. 거기 가면 공용 컴퓨터가 있잖아. 그러고 나서 우리 사촌이랑 통화도 했어. 슈테피는 이미 그런 캠프에 가 봐서 아주 잘 알고 있더라고. 청소년 지도자 카드를 받으려면 이론과 실제 양쪽 시험을 모두 봐야 한대. 그 밖에 응급 처치법도 배워야 하고, 청소년보호법도 잘 알아야 하며, 필요한 것은 모두 익혀야 한다더라. 그 시험은 열일곱 살이 넘어서야 볼 수 있어. 그 시험에 합격하면 청소년 그룹을 지도할 수 있는 거지. 예를 들어 스포츠 행사나 하이킹, 스키 여행 등등."

"그러니까 운전면허 같은 건데, 자동차가 아니라 청소년 그룹이로구나?"

코니가 되물었다.

"맞아."

안나가 대답했다.

"어떨지 나도 정말 궁금해. 씌어 있는 걸 보면 아주 멋질 거 같던데, 야간 하이킹에 워크숍, 다채로운 저녁 활동……."

안나가 개를 불렀다. 오늘은 충분히 뛰어놀았다. 니키가 꼬리를 흔들면서 다가오자 안나는 과장되게 니키를 칭찬해 주면서 목줄을 달아 주었다.

"재수 없게 야네테와 그 졸개들이랑 한 텐트에서만 지내지 않기를 바란다."

안나가 말했다.

"슈테피가 그러는데 끼리끼리 모이지 않게 잠자리를 정한다고 하더라고. 결국 전체 캠프가 하나의 거대한 팀이 되어야 한다는 말이지."

"그래? 나는 자는 것에 대해서는 전혀 생각해 보지 않았네!"

코니가 털어놓았다.

"야네테랑 한 텐트를 쓰게 되는 일이 있어도 나는 걔가 절대로 재미있는 일을 망치게 하지는 않을 거야. 침낭 하나를 나누어 쓰는 일은 적어도 없을 테니까."

코니는 생각만으로도 우스운지 작게 웃음을 터뜨렸다.

"그리고 제비뽑기 같은 걸 하면 나는 항상 운이 좋더라고."

그렇게 말하고 나서 살짝 덧붙였다.

"항상은 아니고 대부분 그랬다는 얘기지."

두 친구는 집으로 오는 길로 공원을 가로지르는 뱀처럼 구불구불한 오솔길을 택했다. 적갈색 다람쥐 두 마리가 이들 앞을 휙 지나갔다. 다람쥐들은 엄청난 속도로 가느다란 나뭇가지를 위로 아래로 타고 다녔다.

"영어로 다람쥐가 뭐지?"

코니가 물었다.

"아, 너, 정말! 그놈의 영어 단어!"

안나가 손바닥으로 자기 이마를 툭 치더니 씩 웃었다. 단어장은 안나의 바지 주머니에 꽂혀 있었다.

"우리가 단어 공부를 그렇게 많이 하지는 않았나 봐."

"노력이 중요한 거지. 나머지는 집에서 또 공부하면 되지, 뭐. 그런데 다람쥐가 영어로 뭐냐고."

"몰라. 우리가 그 단어도 배웠나?"

안나가 풀이 죽어 대답했다.

"아니. 그래도 알고 싶어."

코니가 눈을 찡긋하며 말했다.

집에 돌아와 코니는 가방에서 공책을 꺼내 책상에 편 다음, 캠프에 가져가야 할 것들을 적어 보았다.

유카 : 꼭 가져가야 할 것들!

배낭, 바지	큰 수건
운동화	작은 수건
티셔츠 몇 벌	머리끈
스웨터 한 벌	머리빗, 양말
속옷	곰돌이 젤리, 초콜릿
칫솔/치약	흥미진진한 책
비누, 샤워젤	아빠의 손전등
샴푸, 목욕 가운	건전지

코니는 벌떡 일어나서 아래층으로 내려갔다. 아빠의 자동차가 입구에 서 있었다. 엄마도 집에 돌아와 있었다. 엄마와 야콥이 이야기

하는 소리가 부엌에서 들려왔다.

좋아, 코니는 생각했다. 아빠하고 엄마한테 지금 캠프에 대해서 이야기하고 허락을 받아야겠어. 그러라고 해 주시면 좋겠는데!

다음 날 오후, 2A반에서는 학급 회의가 열렸다. 이 시간은 중요한 일들에 대해 논의할 가장 좋은 기회였다. 오늘의 주제는 당연히 유카였다.

코니는 대학 노트를 앞에 놓고 바쁘게 기록을 해 나갔다. 필립과 라우라가 교탁 앞에 섰다. 린트만 선생님은 창에 기대어 주의 깊게 아이들이 하는 말을 듣고 있었다.

"등록할 때는 자기 신체 사이즈를 적어 넣도록 하십시오."

필립이 말했다.

"캠프에 참가하는 사람들은 누구나 기념으로 캠프 마크와 연도가 새겨진 티셔츠를 받게 됩니다."

"그것 멋지겠다! 색깔도 고를 수 있나요?"

빌리가 신이 났다. 필립이 씩 하고 웃었다.

"아뇨. 올해는 모두 빨간색이랍니다."

"44 크기의 티셔츠도 있나요? 나는 다른 사람하고 달라서 너덜거리는 옷은 입기 싫거든요."

야네테가 의자 위에 편한 자세로 앉아 있다 말했다. 야네테는 아주 익숙한 솜씨로 필립 쪽을 향해 눈을 크게 떴다. 티셔츠가 넉넉하고 편해야 한다는 것에 전혀 반대하지 않는 코니는 눈살을 찌푸렸다.

"아유, 속이 느글거리려고 해. 저 여우는 어린애 옷을 입을 만큼

날씬하지도 않으면서."

안나가 코니를 향해 속삭였다. 디나는 선 몇 가닥으로 새빨간 티셔츠를 억지로 입고 있는 깡마른 여우를 그렸다.

'어휴, 나는 너덜거리는 옷이 싫어!'

디나는 여우 옆에 작은 말풍선도 그려 넣었다. 코니는 그 그림을 보고는 더 이상 참을 수가 없었다. 코니는 웃음이 터져 나오는 것을 막으려고 재빨리 손을 입에 갖다 댔다. 빌리와 안나도 킥킥거렸다. 디나는 그림 밑에 한 줄 더 적어 넣으면서 씩 하고 웃었다.

'여우 살려! 내 티셔츠가 내 몸에 안 맞아요!'

필립과 라우라는 말 없이 눈빛을 주고받았다. 라우라는 자기가 메모해 놓은 것을 이리저리 살폈다.

"44 크기의 티셔츠는 없네요."

그러더니 중얼거렸다.

"77 라지, 66 미디엄, 55 스몰밖에 없어요."

필립은 입김을 훅 불어 이마 위에서 머리카락을 걷어냈다.

"혹시 이번에는 운이 좋아 티셔츠가 좀 작게 나왔을지도 모르잖아?"

필립은 야네테를 위에서부터 아래까지 훑어보았다.

"그런데 내 생각에는 너한테는 스몰이나 미디엄이 맞겠는데? 아니면 몇 군데 옷핀을 꽂아서 맞추면 될 것 같아."

야네테의 얼굴이 새빨갛게 변하는 것을 보고 코니는 깜짝 놀랐다. 야네테는 뭐라고 대답을 하려고 숨을 들이마셨으나 할 말을 못 찾고 있다는 것을 누가 봐도 알 수 있었다. 코니가 야네테를 알고 난 이래,

생전 처음으로 야네테가 아무런 말도 하지 못한 것이다.

와우! 멋지게 한 방 먹였다! 코니는 심술궂게 씩 웃었다. 야네테는 얼른 고개를 푹 숙이고는 손톱을 내려다보았다. 손톱이 오늘은 금속성의 푸른색으로 반짝였다.

필립의 표정은 읽기가 어려웠다. 입꼬리가 살짝 올라간 것만이 필립의 속마음을 조금 드러냈다. 그리고 필립과 라우라가 티셔츠 크기에 대한 논의를 마치고 다시 원래의 주제로 돌아가겠다고 선언하기 전에 거의 알아채기 힘들게 눈을 찡긋한 것도.

그런데 그것이 코니를 향한 것이었을까? 아니다. 코니가 잘못 보았음에 틀림없었다. 그러나 코니는 필립에게서 눈을 뗄 수 없었다. 필립은 반장으로서 주어진 일을 정말 잘 해냈다. 아마도 디나 말이 옳은 것 같았다. 한 살 차이가 그렇게 큰 차이가 있나? 그리고 엄마 말도 옳았다. 필립은 정말로 자신감이 넘쳤다. 필립의 자신 있는 태도와 자연스런 행동은 같은 반의 다른 남자 아이들은 백만 년이 흘러도 따라갈 수 없을 것 같았다.

그럼에도 필립은 2학년을 반복해야 한다. 정말 이상한 일이었다. 코니는 그것이 정말로 서로 다른 교육과정 때문일까 하고 스스로에게 물어보았다. 아니면 거기에 다른 이유가 숨어 있는 것은 아닐까? 코니는 생각에 잠겨 연필을 물어뜯었다. 필립은 멍청한 아이가 아니었다. 정반대였다. 필립은 같은 반 대부분의 아이들보다 더 영리했다. 수업 시간에 보면 모든 것에 대해 답을 알고 있는 것처럼 보였다. 코니는 필립에게 왜 2학년을 되풀이하느냐고 직접 묻고 싶었다. 그러나 그런 질문은 절대로 할 수 없을 것이다! 그렇지만 언젠가는 그런 질문을 할 수도 있는 좋은 기회가 찾아오지 않을까? 얼마 전에 수영장에서 그랬던 것처럼. 그때는 필립도 아주 편안하게 나를 대했잖아.

코니는 한 장을 넘겼다. '꼭 가져가야 할 것들' 목록 바로 뒤에 새로운 목록을 적기 시작했다.

해야 할 일들

1. 지도에서 나미비아가 어디에 있는지 찾아볼 것

2. 기회가 있을 때, XY와 이야기할 것

안나는 어깨 너머로 코니를 슬쩍 바라보았다. 안나는 이맛살을 찌푸렸지만, 아무 말도 하지 않았다.

코니는 한 장을 더 넘긴 다음, 필립과 라우라가 하는 이야기에 집중하려고 애를 썼다. 안나에게 들어 이미 알고 있는 캠프와 청소년 지도자 카드에 관한 것이었다. 그래도 코니는 중요한 사항들을 받아 적었다. 어쨌든 엄마와 아빠에게 정확하게 알려 드려야 했기 때문이다. 특히 비용과 아이들의 안전에 관한 것은 자세히 알려 줘야 한다고 어제 아빠가 말했다. 그전에는 등록 서류에 서명을 하지 않을 것이다.

그런데 그때 린트만 선생님이 말했다.

"참가자의 학부모님들을 위해서 다음 주에 모임이 있을 거야. 학부모회 회장이 와서 너희들 부모님께 청소년 캠프에 관한 모든 필요한 정보를 알려 줄 거야."

"오케이. 그럼 모두 설명한 것 같은데, 질문이 더 있습니까?"

필립이 반 아이들을 보고 말했다.

"침낭을 가져가야 하나요? 아니면 침대라도?"

디나가 물었다. 반 아이들이 와 하고 웃었다. 필립과 라우라만 진지했다.

"나 같으면 침낭을 가져가겠어요."

얼굴이 빨갛게 된 디나를 향해 필립이 말했다.

"하지만 어쨌든 자기가 가져가고 싶은 것을 가져가면 되겠지요."

디나의 얼굴은 더욱 빨갛게 달아오를 대로 달아올랐다.

"그런데 나는 침낭이 없는데."

디나가 낮은 목소리로 코니에게 속삭였다.

"내가 하나 빌려줄게. 우리 집에 침낭이 여러 개 있으니까. 문제없어."

코니도 속삭이며 말했다. 디나는 코니에게 눈빛으로 고맙다고 표시를 했다.

파울이 손가락을 딱 튕겨 하고 싶은 말이 있음을 알렸다.

"유카에 참가하는 것은 반장으로서 의무인가요?"

파울이 물었다.

"뭐라고요?"

필립이 이맛살을 찌푸리며 되물었다.

"파울은 우리도 함께 가느냐고 묻는 것 같은데요."

라우라가 설명해 주었다. 파울이 고개를 끄덕였다.

"바로 그거예요."

"아, 그래요."

필립이 웃었다.

"예, 물론입니다. 우리도 갑니다. 하지만 우리가 반장이어서가 아니라, 일반 학생의 한 사람으로서 가는 거예요. 여러분과 마찬가지로. 대답이 되었나요?"

다시 파울이 고개를 끄덕였다. 그러나 코니는 파울의 표정을 보고 전혀 대답이 되지 않았다는 것을 알 수 있었다. 코니는 파울을 보고 미소를 지었으나, 파울은 코니를 보고는 얼른 다른 쪽으로 고개를 돌려 버렸다. 그럼 관두라지, 코니는 생각했다. 멍청이!

마지막 수업 시간에 필립은 아이들로부터 나미비아 이야기를 좀 해 달라는 부탁을 받았다. 알버스 선생님은 몹시 흥분했다.

"그것 좋다!"

젊은 지리 선생님이 소리를 질렀다.

"1학기 학습계획표에 지구의 기후에 대해 배우기로 되어 있다. 그런데 이 반에 우리 행성의 극단적인 기후 지역에 대해 알고 있는 친구가 있구나. 잠깐만 내가 얼른 해당 지도를 가져올게."

알버스 선생님은 지도실로 달려가서는 둘둘 말린 아프리카 지도를 가지고 돌아왔다. 선생님은 걸개에 지도를 건 다음, 지도를 펼쳤다.

"아프리카! 검은 대륙!"

알버스 선생님은 엄숙한 태도로 말했다.

파울과 마르크가 웃었다. 선생님이 엄격한 눈으로 노려보았지만 두 아이는 본 체도 하지 않았다.

알버스 선생님이 필립더러 앞으로 나오라고 부탁하자, 파울이 우웩 하고 토하는 흉내를 냈다. 필립이 자리에서 일어서자 야네테의 얼굴 또한 좋아죽겠다는 얼굴은 아니었다. 옷핀 이야기를 들은 이후로 필립을 좋아하는 마음이 몇 단계는 내려간 게 분명했다.

"잘난 체하기는!"

필립이 자기 옆을 지날 때 야네테가 낮은 소리로 빈정거렸다.

필립은 한쪽 눈썹을 추켜올리고는 씩 웃기만 했다. 하지만 그것은 야네테를 더욱 화가 나게 했을 뿐이었다.

"한 살 더 많다고 해서 저렇게 꼭 앞에 나서야 하니?"

야네테가 자스키아와 아리아네에게 말했는데 모두에게 들릴 만큼 큰 소리였다.

"조금 있으면 폭발하겠군!"

빌리가 기대에 찬 목소리로 속삭였다. 그러나 사태가 그에 이르기 전에 알버스 선생님이 조용히 하라고 부탁했다.

"어떻게 해서 너희 가족이 나미비아에서 살게 되었는지 간단히 얘기해 줄래? 모두들 그것을 알고 싶어 할 거야."

선생님이 제안을 했다.

"왜 알고 싶겠어? 쟤가 어디 출신이건 나는 전혀 흥미 없어."

야네테가 빈정거렸다.

"자, 이제 조용히!"

보통 때 알버스 선생님은 매우 상냥한 선생님이다. 그런데 야네테가 계속해서 빈정거리자 선생님의 인내심이 한계에 달한 듯했다. 선생님은 야네테를 똑바로 쳐다보더니 말했다.

"특별히 너는 아주 잘 들어야 한다, 야네테. 다음 시험에는 나미브 사막에 대해서 나올 거야. 이 기회를 잘 활용해서 네 지리 성적도 조금 올려야 하지 않겠니?"

이 날 오전에만 두 번째로 야네테의 얼굴이 빨개졌다.

"우리 아버지는 변호사예요. 아버지는 독일 외교관으로 나미비아에서 일했고 아프리카에서 독일로 이민 오고 싶어 하는 사람들에게 상담을 해 주었습니다. 가끔 휴가를 왔다가 여권에 문제가 생긴 여행객들을 돌보아 주기도 했지요."

필립이 이야기를 시작했다.

"우리 엄마는 빈트후크의 국제 고등학교에서 독일어 교사로 일했습니다. 나도 그 학교를 다녔지요. 빈트후크는 나미비아의 수도입니다. 그곳에는 국제 학교를 비롯해서 많은 학교가 있답니다."

"나미비아에 대해서 이야기하기 전에."

알버스 선생님이 필립의 이야기를 중단시켰다.

"왜 다시 독일로 돌아온 거니? 대답해 줄 수 있겠니?"

필립은 조금 망설이다가 이야기를 꺼냈다.

"우리 아버지가 돌아오고 싶어 했어요. 우리 할아버지, 할머니가 이곳에 살고 계시거든요. 그런데 할머니가 편찮으셔서 아버지는 이 근처에다가 사무실을 열었어요. 아버지는 지금 노이슈타트의 한 법률 사무소에서 일하세요."

아, 그랬구나! 코니는 생각했다. 엄마의 귀신 같은 추리. 실제로 신문에 난 광고는 필립의 아버지가 낸 것이 맞았다.

"처음에는 엄마가 아프리카에 남아 있었어요."

필립이 이야기를 계속했다.

"엄마는 자신의 일에 정말 열심이었어요."

필립은 숨을 깊이 들이쉬고는 잠깐 동안 말을 멈추었다. 그러고 나서는 어깨를 똑바로 펴고 미소를 지었다.

"이제 그 나라와 기후에 대해서 이야기를 해도 될까요?"

필립이 물었다. 알버스 선생님이 고개를 끄덕였다.

"그래 부탁한다, 필립. 다들 잘 듣도록."

선생님은 필립의 빈자리에 앉아서 학생들과 함께 귀를 기울였다.

"음, 나미비아는 남아프리카에 있는 나라예요. 나미비아라는 나라 이름은 나미브 사막에서 온 것이에요. 공용어는 영어이지만, 많은 지역에서 아프리카어나 독일어를 사용하지요."

"나미비아는 아프리카의 중앙에 있나요?"

디나가 말을 했다.

"아니요. 나미비아는 대서양에 접해 있어요. 여기, 보이지요?"

필립이 지도 쪽으로 다가가서 아프리카 대륙의 끝부분 남서쪽에 놓여 있는 지역을 가리켰다.

"왼쪽은 남대서양이고 오른쪽은 칼라하리 사막이지요. 이 나라는 바다에 접해 있지만 커다란 사막이 둘이나 있어요."

알버스 선생님이 마치 학생처럼 손을 들었다.

"나미비아가 얼마나 넓은지도 말해 줄 수 있겠니?"

필립이 고개를 끄덕였다.

"독일의 두 배 이상 됩니다."

필립이 말하자 교실 안이 놀라서 잠시 아, 하는 소리가 퍼졌다.

"하지만 인구는 그리 많지 않아요. 큰 도시가 두 개 있는데, 빈트후크와 스바코프문트입니다."

"그리고 날씨는 어때요? 항상 여름인가요?"

안나가 물었다.

"아니요. 그곳의 기후를 아열대라고 하는데요. 그 말은 습기가 많고 따뜻하다는 뜻이에요. 11월에서 4월 사이에는 며칠 동안 계속해서 비가 내리곤 합니다. 대신 다른 때에는 낮에는 30도가 넘을 만큼 덥고, 밤이면 영하로 떨어져요. 아주 극단적이지요."

"그럼 야생 동물은 어때요? 사자와 코끼리도 있나요?"

빌리의 눈동자가 반짝반짝 빛났다.

"예, 그런데 대개는 유감스럽게도 보호 구역에 있어요. 들개나 전갈, 그리고 뱀들이 가끔 집 안으로 들어오지요."

코니는 몸서리를 쳤다. 자기 방에 아프리카산 독사나 독전갈이 나타난다는 생각만으로도 등골이 서늘해졌다. 고양이 마우가 백 번 나았다.

"바닷가에서는 고래와 돌고래를 아주 잘 볼 수 있어요."

필립이 이야기를 이어 나갔다.

"월비스 베이라는 곳이 있는데, 고래만이라는 뜻입니다."

"멋지다! 나는 고래와 돌고래가 정말 좋아."

빌리가 꿈을 꾸듯 말했다.

"저도 그렇습니다."

필립이 씩 웃었다.

"저는 나중에 해양생물학자가 될 겁니다."

그런데 아쉽게도 바로 이 순간 수업 끝을 알리는 종이 울렸다.

"고맙다, 필립! 아주 재미있었다. 네가 원한다면 다음에 다시 더 이야기를 해 주면 좋겠구나."

"예, 물론이지요. 다음에는 사진도 몇 장 가져올 수 있어요."

알버스 선생님은 메모를 하더니 고개를 끄덕였다.

"아주 좋아. 내가 잊지 않고 있으마."

알버스 선생님은 코니와 안나에게 지도 정리를 시켰다. 두 아이는 힘을 합쳐 아프리카 지도를 말아서는 다시 지도실로 가져다 놓았다. 비어 있는 곳에 지도를 올려놓으면서 안나가 한숨을 쉬었다.

"너, 누구를 사랑해 본 적 있니?"

안나가 코니를 쳐다보지도 않고 물었다.

"내 말은, 진짜 사랑 말이야."

얼마나 진짜로? 코니는 묻고 싶었다. 가짜로 사랑을 할 수도 있나? 물론 파울 생각이 났다. 그리고 한때는 마녀가 만든 사랑의 묘약의 힘을 빌리고도 싶었다. 그러나 그것은 영영 지나간 일이다.

"아니. 진짜 사랑은 없었던 것 같아."

코니는 망설이다가 대답했다.

안나가 다시 한 번 한숨을 쉬었다. 코니가 보기에는 상당히 바보처럼 보였다.

"그런데 왜 묻는 거니?"

"아, 그냥."

안나가 등을 돌렸다. 두 아이는 비어 있는 교실로 돌아가 가방을 들고 나왔다.

"너, 자전거 타고 왔니?"

"응, 당연하지."

"나도."

안나가 말했다. 다행히 이번에는 한숨을 쉬지 않았다.

"잠깐은 같이 타고 갈 수 있겠다."

자전거 보관소로 가는 도중에 안나가 말했다.

"정말 괜찮았지, 안 그래? 나미비아에 관한 얘기 말이야."

코니가 고개를 끄덕였다.

"응. 필립은 정말 말을 잘하더라. 나도 그렇게 편안하게 말할 수 있으면 좋을 텐데. 내가 칠판 앞에 선다면 전혀 다를 거야."

안나가 웃었다. 그러다 갑자기 멈추어 섰다.

"어머, 어머."

안나가 중얼거렸다.

"우리 자전거에 문제가 생긴 것 같은데."

코니가 안나의 눈길을 좇았다.

"아, 안 돼! 이럴 수가!"

"하지만 그저 펑크가 난 것뿐이잖아."

안나가 코니를 달랬다. 그러나 코니는 안나의 말에는 신경도 쓰지 않았다. 코니는 자기 자전거 옆에 무릎을 꿇었다. 뒷바퀴가 완전히 납작해져 있었다.

"이런 일이 어떻게 일어날 수 있지? 오늘 아침에도 아무렇지도 않았는데."

코니가 투덜거렸다.

"뾰족한 돌멩이 위를 달렸나 보지? 아니면 못 위를 달렸거나."

안나가 말했다.

"말도 안 돼! 그럼 내가 알았겠지."

코니가 화를 냈다.

"오늘 아침에 자전거 보관소로 갖다놓았을 때는 괜찮았단 말이야."

코니는 바퀴를 살펴보았다. 아무데도 이상한 데는 없었다. 적어도 구멍난 곳을 찾을 수는 없었다. 안나도 코니 옆에 무릎을 꿇고 앉았다.

"이거 정말 이상하다."

안나가 생각에 잠겨서 말했다.

"이렇게 밝은 대낮에 바퀴에 펑크가 날 수는 없는데."

코니가 고개를 흔들었다.

"아니, 절대 그럴 수는 없지."

갑자기 누군가의 목소리가 들려 두 아이는 깜짝 놀랐다.

"도와줄까?"

안나는 고개를 빨리 돌리다가 그만 코니의 자전거 브레이크 손잡이에 부딪히고 말았다.

"아얏!"

안나는 소리를 지르며 손으로 이마를 문질렀다. 그리고 나서 안나는 갑자기 표정이 밝아져서는 소리를 질렀다.

"안녕, 필립? 하늘에서 떨어졌니? 혹시 공기 주입기 가지고 있니?"

코니는 자기가 제대로 들은 건가 의심스러웠다. 하늘이라고? 공기 주입기? 저도 하나 가지고 있으면서? 그리고 왜 안나는 갑자기 저렇게 헤벌쭉거리지?

"정말 고맙다."

코니가 필립이 있는 쪽을 향해 툭 내뱉었다.

"근데 난 혼자 할 수 있어. 그냥 바람이 빠졌을 뿐이야."

코니가 안나를 힐긋 쳐다보면서 덧붙였다.

필립은 자전거 바퀴를 살펴보았다.

"내가 바람을 넣어 줄까?"

"아니야, 고마워."

코니가 고개를 젓고는 공기 주입기를 꺼내 왔다.

"정말 괜찮아. 자전거에 바람 넣는 것쯤은 여자 아이들도 할 수 있어."

"그럼, 뭐."

필립이 자기 자전거 있는 쪽으로 걸어갔다. 필립의 자전거는 보관소의 다른 쪽 줄에 서 있었다.

"안녕! 내일 보자."

필립은 가볍게 손을 흔들고는 운동장 건너편으로 자전거를 밀고 갔다.

"너, 왜 이렇게 멍청하게 굴어?"

안나가 코니를 보고 씩씩거리며 말했다.

"나도 막 너한테 그걸 물어볼 참이었어."

코니도 쏘아붙였다. 코니는 자전거 바퀴에 바람을 넣으면서 엄지손가락으로 압력을 재 보았다. 적어도 튜브에는 이상이 없는 것 같았다. 바퀴에서 바람은 새지 않았다. 순식간에 빵빵해졌다.

"나라면 필립이 도와주겠다는 것을 절대로 거절하지 않았을 거야.

남자 아이가 스스로 나서서 도와주겠다는 경우가 있기나 하니?"

"내가 아까 말했듯이,"

코니가 잇새로 말을 내뱉었다.

"나 혼자서도 바퀴에 충분히 바람을 넣을 수 있어. 내가 아무리 힘 없는 여자 아이라도 말이야."

코니가 침울한 목소리로 덧붙였다. 안나는 마음이 상한 듯한 얼굴이 되었다. 조금 뒤 안나는 조금 부드러워진 목소리로 물었다.

"누가 일부러 바람을 뺐다고 생각하니?"

코니는 이마에 흐르는 땀을 씻고 나서 공기 주입기를 제자리에 돌려놓았다.

"모르지. 그래도 그런 짓을 재미있다고 생각하는 바보들은 얼마든지 있으니까."

"그럼 누가? 그리고 왜?"

안나가 물었다.

"내가 그걸 어떻게 알아?"

코니는 안장 위에 휙 올라앉아서 페달을 밟았다.

"너도 알다시피, 이름은 적혀 있지 않거든. 이제 우리 그만 가자. 집에 갈 때까지 바람이 빠지지 말았으면 좋겠다."

"걔는 해양생물학자가 되고 싶대. 귀엽지 않니?"

오후에 빌리가 꿈을 꾸듯이 말했다.

"그 말은 걔가 물고기를 좋아한다는 뜻이지. 바로 나처럼. 이런 우연이 어디 있니?"

코니가 눈을 사납게 하고 얼굴을 휙 돌렸다. 코니는 스스로에게 물어보았다. 해양생물학자가 되는 게 뭐가 귀엽다는 거지? 재미있다고 할 수는 있겠지만 귀엽다고? 그리고 고래와 돌고래는 물고기가 아니라 젖먹이동물이잖아. 그 정도는 물론 빌리도 알고 있을 것이다. 그렇지만 빌리를 화나게 하고 싶지는 않았기 때문에 코니는 친절한 표정을 지었다.

"그러게."

겨우 내뱉는 소리가 그리 다정하게 들리지는 않았다.

"너희들 걔 눈을 본 적 있니? 완전히 갈색이잖아. 초콜릿처럼!"

디나가 이마에 흘러내린 머리카락을 걷어올리며 말했다.

코니는 이맛살을 찌푸렸다. 오후 내내 필립 백작을 찬양하기 위해 친구들을 만난 것이 아니었다. 이제 안나가 나타나서 안타까워하며 한숨 쉴 일만 남았다. 준비하고 있었다는 듯이 안나가 모퉁이를 돌아 모습을 드러냈다.

"안녕?"

안나는 멀리서부터 아이들에게 아는 체를 했다.

아이들은 베르디라는 피자집의 작은 테이블에 둘러앉았다. 빌리의 아버지 베르디 씨가 시원한 오렌지 주스를 가져다주었다. 빌리의 엄마는 바구니에 이탈리아식 흰 빵을 가져다주었다. 아직 따뜻하고 맛있는 채소와 마늘 냄새가 났다. 코니는 코를 들어올리며 냄새를 맡아보았다. 코니는 갓 구운 빵 냄새를 좋아했다.

"본 아페티토!(이탈리아 말로 '맛있게 드세요'라는 뜻)"

빌리의 엄마가 웃으며 말하고는 다시 주방으로 돌아갔다.

피자집에는 아직 손님이 없었다. 저녁이나 되어야 사람들이 몰려들 것이었다. 그런데도 식당 주방은 지금쯤은 모든 것이 준비되어 있어야 했다.

안나는 오렌지 주스를 한 모금 마음껏 들이킨 다음, 코니 옆에 앉았다.

"너희들 무슨 이야기하고 있었니?"

안나가 물었다.

"누군가에 대해 이야기하고 있었지."

디나가 말했다.

"물론 그 새로운 친구에 대해서지. 아니면 누구겠어?"

빌리가 씩 웃었다. 코니가 한숨을 쉬었다.

"그런데 우리 유카 이야기를 하기로 약속하지 않았니? 거기를 어떻게 가고, 무엇을 갖고 갈지 등등. 나는 일부러 이렇게 목록까지 적어 왔단 말이야."

안나가 코니를 쿡 찔렀다.

"그렇게 판 깨는 소리 하지 마. 그건 나중에 이야기하면 되잖아."

안나는 바구니에서 빵 하나를 집어 들고는 한 입 베어 물었다.

"음, 맛있다."

코니는 기분이 나빠져 입을 다물었다. '멍청이!' 하고 생각했다.

코니는 두 손으로 고개를 받치고 주방으로 가서 베르디 아주머니가 토마토 자르는 것이나 도와줄까 하고 생각했다. 그런데 이때 갑자기 화제가 재미있어졌다.

"그런데 걔는 왜 일 년을 꿇은 거야? 공부를 못하는 것도 아니잖아."

디나가 물었다. 안나가 진지한 표정을 지었다.

"일 년을 다시 다닌다고 해서 일 년을 꿇었다는 뜻은 아니지."

안나가 힘을 주어 말했다. 다른 아이들은 어리둥절한 표정으로 안나를 보았다.

"무슨 뜻으로 한 말이니?"

빌리가 물었다.

"응, 나도 궁금한데. 차이가 뭐냐?"

코니가 말했다.

"자유 의사로 일 년을 다시 다니는 애들도 있대."

안나가 퉁명스럽게 말했다.

"필립의 경우에는 그렇게 생각해야 논리적이지, 안 그래? 내 말은, 아프리카에서 독일로 이사 와서, 학교를 바꾸는 것은 개로서는 완전히 다른 삶을 사는 것이란 말이야. 서로 다른 문화권을 생각해 봐. 개한테는 정말 엄청난 문화적 충격이었을 거라고."

안나가 한숨을 쉬었다.

"안됐어!"

코니가 머리를 흔들었다. 문화권, 문화적 충격? 어마어마하군!

"내가 보기에 꿇는 것이나 다시 다니는 것이나 같아."

코니가 고집스럽게 말했다.

"그리고 내 생각에는 자기가 좋아서 일 년 더 학교에 다닐 학생은 아무도 없어!"

코니는 팔짱을 끼었다. 빌리가 미소를 지었다.

"내 생각에는 코니가 맞는 것 같아. 필립이 자기가 좋아서 중학교 2학년을 한 번 더 다닌다고는 상상할 수가 없어. 보기와 달리 걔가 그렇게 영리하지 않은지도 모르잖아."

디나는 생각에 잠겨서 빵 한 조각을 뜯었다. 그러고는 단호하게 말했다.

"아니야. 나는 그렇게 생각지 않아."

안나가 말했다.

"나도. 필립이 한 번 더 다니는 것은 이곳에서 더 빨리 적응하고 교육과정에서 빠진 공부를 따라잡기 위해서야."

"아프리카에 있는 학교에서 게으름 피우다가 일 년 꿇게 되었을지도 모르지."

빌리가 말했다.

"맞아. 그럴 수 있어."

코니가 빌리의 말에 동의했다.

"나도 걔가 멍청하다고 말하는 것은 아니야. 나도 걔가 왜 한 해 더 다니게 되었는지 정말 알고 싶어."

코니가 속을 털어놓았다.

"그런데 문제는 자기가 자기 이야기를 안 해 주는데, 우리가 그것을 어떻게 알 수 있겠냐는 거지."

잠깐 동안 테이블 주위에는 뭔가 생각에 잠긴 침묵이 감돌았다.

안나가 식빵 하나를 또 먹었다.

"좋아!"

안나가 갑자기 소리를 질렀다. 다른 아이들이 안나를 쳐다보았다.

"뭐가?"

디나가 물었다.

"그것을 어떻게 알아낼지 내게 좋은 생각이 있어."

안나가 당당한 표정으로 아이들을 빙 둘러보았다.

"얼른 말해 봐!"

빌리가 애타게 말했다. 안나가 씩 웃고는 다시 뜸을 들였다.

"아주 간단해."

마침내 안나가 입을 열었다.

"개한테 물어보는 거야."

코니가 깜짝 놀란 표정으로 안나를 쳐다보았다.

"넌 절대로 개한테 물어보지 못할걸!"

"내가 물어볼 거라고 누가 그래?"

안나가 반박하고 나섰다.

"제비뽑기로 정하자."

안나는 성냥갑을 집어들더니 성냥개비 네 개를 뽑았다. 그리고 그

중 하나의 머리를 잘라냈다.

"짧은 쪽을 뽑는 사람이 내일 쉬는 시간에 필립에게 가서 물어보기로 하는 거야. 걔가 왜 일 년을 더 다니는 건지. 오케이?"

안나가 성냥개비 네 개를 똑같이 끝만 보이도록 주먹으로 말아쥐었다. 어느 것이 부러져 있는 것인지 도저히 알 수가 없었다.

"진심이니?"

빌리가 조심스럽게 물어보았다.

"100프로 진심이야."

안나가 말했다. 빌리와 디나, 코니는 서로 눈빛을 주고받았다. 코니가 보기에 성냥개비로 제비뽑기를 하는 것은 아주 웃기는 생각이었다. 짧은 것을 내가 뽑기라도 하면 어떡한단 말인가. 하지만 달리 생각해 보면……

코니가 고개를 끄덕였다.

"오케이, 그렇게 하자."

코니는 천천히 손을 내밀어 숨을 멈추고는 성냥개비 가운데 하나를 뽑았다.

하! 긴 성냥개비였다. 코니는 가벼운 마음으로 숨을 내쉬었다. 디나와 빌리가 코니의 뒤를 이었다. 둘 다 긴 성냥개비를 뽑았다. 아이들은 여전히 마지막 성냥개비를 꼭 쥐고 있는 안나의 주먹을 마법에 걸린 듯이 뚫어져라 쳐다보고 있었다.

"그럼 이제 결정됐네."

안나가 투덜거렸다. 안나가 주먹을 폈다. 손 안에 부러진 성냥개비가 놓여 있었다.

"내가 당첨됐군."

"네가 그렇게 하자고 했잖아."

코니가 쌀쌀맞게 말했다.

"그럼 이제 정말 중요한 일에 대해서 이야기 좀 하자. 유카 말이야!"

마침내! 코니는 준비한 목록을 바지 주머니에서 꺼낸 다음, 볼펜도 꺼냈다.

"모두 등록은 했니?"

코니가 아이들에게 물었다. 안나와 디나가 고개를 끄덕였다. 빌리가 고개를 저었다.

"나는 내일 등록할 거야. 아직 아빠의 서명을 못 받았거든. 하지만 그 대신……."

빌리가 덧붙였다.

"아빠가 금요일에 우리를 캠프까지 태워다 주실 거야. 우리는 우리 배낭과 침낭을 바로 학교로 가져가면 돼. 그럼 아빠가 마지막 수업이 끝나면 우리를 태워서 곧 바로 발트제로 데려다 주실 거야."

"그거 잘됐다!"

코니가 말했다. 코니는 '등록'과 '누가 태워다 주지?'라는 항목 옆에 체크를 했다. 그러고는 목록에서 다음 항목으로 넘어갔다. '옷'.

"내가 집에서 목록을 만들어 봤어. 바지, 티셔츠, 속옷, 이거면 충분하겠지?"

코니가 물었다.

"그리고 운동화와 슬리퍼. 그런데 이런 것들은 우리가 평소에도 입고 신고 하잖아."

"스웨터가 있어야 할 거야. 저녁에는 추워질지도 모르잖아."

빌리가 보충했다.

"그리고 잠옷도."

디나가 추가했다. 안나가 곰곰 생각하다가 말했다.

"나는 미니스커트와 탱크톱도 가져갈래. 댄스 타임이 있을지도 모르잖아."

코니가 자기 이마를 손으로 짚었다.

"꿈도 꾸지 마. 안내지에 씌어 있던 것 못 읽어 봤니? 야간 하이킹이지 댄스가 아니잖아. 너 설마 미니스커트를 입고 호숫가를 돌아다니려는 것은 아니지?"

코니가 비아냥댔다. 안나가 눈썹을 치켜세웠다.

"너는 왜 그렇게 말을 심하게 하니? 내가 갖고 가고 싶은 건 갖고 갈 수 있는 거잖아."

"내가 무슨 말을 심하게 했다고 그래?"

코니가 화를 냈다. 코니는 안나를 노려보았다.

"그럼 하이힐하고 화장품 세트도 가져와. 필립이 그런 것을 좋아할지도 모르지."

안나가 훅 하고 숨을 들이마셨다.

"지금 걔하고 이거하고 무슨 상관이야?"

"나도 궁금한데?"

디나가 작은 목소리로 말했다. 코니가 자기 볼펜을 꼭 쥐었다.

"걔가 나타난 뒤로 너희들은 걔 이야기 말고 다른 이야기는 통 안하잖아. 여기서도 필립, 저기서도 필립. 그게 나한테는 조금 신경이 거슬려. 이 말은 꼭 해야겠어."

빌리와 디나는 조금 놀라서 할 말을 잃었다. 안나가 천천히 입을 열었다.

"여기에서 개 때문에 문제가 되는 사람은 너 하나뿐인 것 같아. 뭔가 있는 것 같은데, 너?"

"너, 그게 무슨 뜻이야?"

코니가 물었다.

"내가 말한 그대로지."

안나가 대답했다. 안나는 고개를 옆으로 돌리고는 기분이 나쁘다는 표정을 지었다.

"음, 우리 계속하면 안 될까?"

빌리가 우물쭈물하며 말했다.

"뭘?"

코니와 안나가 동시에 물었다.

"음, 목록 말이야. 우리가 무엇을 가져가야 할지 등등."

빌리가 말했다. 코니와 안나는 서로를 바라보았다. 두 사람은 웃지 않을 수 없었다.

"휴전할까?"

안나가 물었다.

"휴전하자! 너는 네 미니스커트를 가져와도 돼. 하지만 제발이지, 개, 누구 말하는지는 알지? 개 이야기는 앞으로 한 마디도 하지 말기로 하자. 응?"

코니가 말했다.

"좋아!"

아이들이 합창으로 대답했다.

저녁에 코니는 가방에서 공책을 꺼내 '해야 할 일' 목록을 폈다. 코니는 곧 바로 첫 번째 항목에 줄을 그었다. 필립의 지리 발표 덕분에 나미비아가 이제 어디에 있는지는 알게 되었다.

그러나 두 번째 항목 '기회가 있을 때 XY와 이야기할 것'은 깊은 생각에 잠겨서 한참을 노려보았다.

물론 안나가 제비뽑기에 당첨이 되긴 했다. 코니로서는 아무 걱정 없이 이 두 번째 항목에 줄을 그어 지워 버릴 수도 있었다. 그러나 코니는 그냥 놓아두기로 했다.

내일 안나가 필립이 한 해 더 다니는 이유를 알아낸다고 해도 코니는 필립과 다시 이야기할 수 있는 것이다. 그런 것까지 다른 사람에게 일일이 보고할 필요는 없다. 필립은 수영장에 자주 갈까? 그것을 물어보지 않아서 안타까웠다.

코니에게 갑자기 좋은 생각이 떠올랐다. 코니는 쏜살같이 아래층으로 내려갔다. 엄마와 아빠가 거실에 앉아서 이야기를 하고 있었다.

"엄마! 율리우스 그라프라는 사람 광고 아직도 가지고 있어요? 엄마는 알고 있잖아요. 이 국제법 변호사가 이 근처에 사무실을 개업했다는 것 말이에요."

아빠가 안경 너머로 코니를 바라보며 조금 걱정스런 얼굴로 물었다.

"변호사가 필요하니? 대체 무슨 짓을 저질렀기에, 우리 사랑하는

딸이? 게다가 국제법이라고?"

"아무 짓도 안 했어요, 아빠. 걱정 마세요."

엄마가 미소를 지으며 자리에서 일어나서 책상으로 갔다.

"음, 내가 그 광고를 여기 어딘가에 둔 것 같은데. 뒷면에 신간 안내가 있었거든."

엄마는 신문 더미와 편지 봉투들을 치우며 말했다.

"그 광고에 혹시 주소가 있던가요?"

코니가 물었다. 코니는 종이 버리는 휴지통을 슬쩍 보았지만 컬러풀한 광고지 몇 장만 들어 있을 뿐이었다.

"응, 있지. 안 그러면 의뢰인들이 변호사 사무실이 어디 있는지 알 수가 없잖아. 변호사 사무실에 일을 부탁하는 사람들을 의뢰인이라고 한단다."

엄마가 코니가 있는 쪽을 보고 설명해 주었다.

"맞아요. 저도 들어 본 적 있어요. 의사들을 찾는 사람들을 환자라고 하는 것과 비슷하지요. 그런데요? 찾으셨어요?"

"그러지 말고 곧바로 전화번호부를 찾아보지 그러니?"

아빠가 물었다.

"주소만 알면 된다면 말이야."

맞아! 그런데 필립은 이곳에 이사 온 지 얼마 안 되었다는 사실이 생각났다. 그러니까 전화번호부에 필립네가 있을 가능성은 거의 없었다.

"여기 있다!"

코니가 뭐라고 하기도 전에 엄마가 소리를 질렀다.

"내가 분명히 보관해 뒀다니까."

엄마가 의기양양한 얼굴로 오려 놓은 신문 한쪽을 높이 들어올리며 말했다.

"다행이다!"

코니는 엄마에게서 그 신문 한 쪽을 받아들었다. 여러 광고들 틈에 커다란 글자로 찾고 있던 광고가 박혀 있었다.

미하엘 프랑크 박사 & 율리우스 그라프 박사

국제법 전문 법률 사무소

사전 전화 예약 바람

전화 5556066

퓌르스트 퓌클러 거리 27, 노이슈타트

"내가 뒷면에 있는 신간 안내만 베껴 쓰고 줄게."

엄마는 책 제목과 저자 이름을 적어 놓은 다음 코니에게 신문을 주었다.

"그 광고를 가지고 무엇을 하려는 건지 말해 주지 않겠니?"

코니는 웃으면서 고개를 저었다.

"예. 말해 주지 않을 거예요. 일급비밀!"

코니는 신문지를 접었다. 그러고 나서 부모님에게 입을 맞추었다.

"안녕히 주무세요. 내일 봬요."

"잘 자라, 코니."

엄마가 말했다.

"좋은 꿈 꿔라."

아빠도 한 말씀 했다.

코니는 자기 방으로 뛰어 올라갔다.

정말 잘됐어!

코니는 침대 탁자에서 일기장을 꺼냈다. 이제 코니는 필립이 어디에 사는지 알게 되었다. 집에서 그리 멀지 않은 곳이다. 퓌르스트 퓌클러 거리는 모퉁이만 돌면 된다. 코니는 가위와 풀을 꺼내 들었다. 그러고는 적당한 크기로 광고를 잘라 내어 일기장에 붙이려다가 멈추었다.

좋아! 머릿속에 문득 좋은 생각이 스치고 지나갔다. 이 굉장한 정보를 가지고 무엇을 하지? 필립을 찾아가 볼까?

"안녕, 나는 코니야."

코니는 목소리를 다르게 해서 한번 말해 보았다.

"너도 알지? 우리는 같은 반이고 얼마 전에 수영장에서 함께 수영도 했잖아."

쿡쿡 웃음이 튀어나왔다. 아니야, 이것은 너무 바보 같아.

결국 코니는 광고를 일기장에 붙였다. 이 광고가 어디에 필요할지는 아직 알 수가 없었다. 수성펜으로 코니는 광고 밑에 이렇게 적었다.

내일, 안나는 꼭 확인해야 해.

제비뽑기에서 짧은 것을 뽑은 건 안나니까.

쉬는 시간에 필립에게 왜 한 해를 더 다니는 것이냐고 물어봐야 해.

반드시 물어보도록!

어쨌든 필립이 자기가 좋아서 더 다니는 것이라고

안나가 끝까지 고집스럽게 주장했으니까. 흥!

코니는 만족스럽게 일기장을 탁 덮었다. 코니는 내일이 기다려졌다. 특히 쉬는 시간이!

다음 날 아침 안나가 한 번도 본 적 없는 새 티셔츠를 입고 있는 것을 코니는 보았다. 그리고 입술에는 분홍색 립글로스가 반짝거리고 있었다. 아, 세상에! 필립과 쉬는 시간을 위해서 저렇게까지 한단 말이야?

"도대체 어떻게 하지? 그냥 산책하듯이 가서 개한테 물어볼 수는 없잖아."

안나가 투덜거렸다.

"그런 건 미리 생각해 두었어야지. 어쨌든 이것은 너의 아이디어 잖아."

코니가 말했다.

"이제 그만 싸워."

디나가 사정을 했다.

"맞아. 그러지 말고 어떻게 하는 것이 좋을지 함께 생각해 보자."

빌리가 말했다.

수업은 아직 시작되지 않았다. 네 여자 아이는 창틀에 앉아 머리에 머리를 맞대고 있었다. 아이들은 다른 아이들이 듣지 못하도록 속삭이며 말했다. 그럼에도 불구하고 야네테는 모든 것을 잘 알아들은 듯했다.

"이게 도대체 무슨 모임이야? 미운 새끼 오리들의 모임인가?"

야네테가 물었다. 자스키아와 아리아네가 킥킥대고 파울이 씩 웃었다.

잠깐만 기다려 봐라. 곧 알게 될 테니. 코니가 속으로 중얼거렸다.

수업 시작 종이 울리고 린트만 선생님이 교실에 들어서자, 아이들은 자리에서 튀어 일어나 급히 책을 꺼냈다.

"걔가 아직 안 왔어."

안나가 코니를 향해 속삭였다.

"누구?"

코니도 속삭이며 물었다. 안나가 눈을 흘기며 말했다.

"내가 더 이상 그 이름을 말할 수 없는 남자 아이, 너도 알잖아."

"아, 걔!"

코니는 웃음이 나오려는 것을 꾹 참으며 뒤를 돌아보았다. 맞다, 필립의 자리가 비어 있었다.

"아마 또 늦는 모양이지."

코니가 안나에게 소곤거렸다.

"코니, 앞으로 나오렴."

바로 그 순간, 린트만 선생님의 목소리가 들렸다.

"다른 친구들은 공책을 꺼내기를 바란다. 잠깐 문법 복습을 하기로 하자. 단순 과거와 단순 현재다."

코니는 책상들 사이를 지나 앞으로 나갔다. 긴장이 되어서 가슴이 콩닥콩닥 뛰었다. 하루의 시작으로는 정말 끝내 줬다. 최고야! 코니는 걱정스런 얼굴로 분필 한 조각을 손에 쥐고, 다음 지시를 기다렸다.

"필립 그라프가 아직 안 왔는데요."

마르크가 말했다.

린트만 선생님이 고개를 끄덕했다.

"응, 고마워, 알고 있단다."

선생님이 말씀하면서 출석부에 무언가 적어 넣었다.

"필립은 오늘 아파서 못 온대. 아버지가 전화하셨어."

안나는 코니에게 다행이라는 눈빛을 보내 왔다. 코니는 씩 웃었다. 그러나 다시 심각해졌다.

"Please translate the following sentences. Use the simple present and the simple past.(다음 문장을 번역하시오. 단순 현재형과 단순 과거형을 사용하시오.)"

린트만 선생님이 말했다. 선생님이 첫 번째 문장을 읽어 주었다.

"케이트는 날마다 기타 연습을 한다."

코니는 곰곰 생각해 보았다. 단순 현재형은 쉽다. 그것은 현재의 단순형이다. 코니는 'Kate practices the guitar every day.'라고 썼다.

린트만 선생님은 벌써 다음 문장을 읽어 주었다. 그러고는 쉴 틈도 주지 않고 세 번째와 네 번째 문장을 불러 나갔다.

칠판은 계속해서 채워지고, 스스로도 놀랄 만큼 코니는 잘해 나갔다. 단순 과거에서 하나 헷갈리긴 했다. yesterday를 쓸 때, y 대신 j를 쓰긴 했지만, 전체적으로 코니는 자기가 한 것에 만족스러웠다. 린트만 선생님이 책을 덮었을 때 코니는 의기양양한 표정을 지었다.

검토를 하는 과정에서 코니가 한 실수는 당연히 린트만 선생님 눈에도 금세 띄었다. 그러나 코니도 이미 알고 있던 실수 두 개 이상을 선생님도 발견할 수 없었다.

"잘했다. 코니. 90점이다."

린트만 선생님이 칭찬을 해 주었다.

"예."

코니는 주먹을 꼭 쥐었다. 그러고 나서 얼굴에 함박웃음을 지으며 자기 자리로 되돌아갔다. 코니는 한숨을 푹 내쉬면서 자기 의자에 풀썩 주저앉아 흐르지도 않은 이마의 땀을 훔쳤다.

"잘했어, 코니!"

안나가 코니에게 소곤거렸다.

"멋졌어!"

빌리도 속삭였다. 디나는 엄지손가락을 공중으로 치켜들고 씩 웃었다.

'나쁘지 않았어.'

코니는 스스로에게 말했다. 긴장한 나머지 빠르게 뛰던 맥박이 천천히 평소 때로 돌아왔다.

쉬는 시간에 디나는 코니에게 달려왔다.

"너 어떻게 그렇게 했니? 정말 열심히 공부했나 보다."

코니는 고개를 저었다.

"아니, 전혀 안 했어."

코니가 대답했다.

"넌 몇 개나 틀렸니?"

"일곱 개."

디나가 풀이 죽어 대답했다.

"나는 하나 틀렸어."

빌리가 말했다. 빌리가 안나를 보고 물었다.

"너는?"

"다섯 개."

안나가 손을 저었다.

"아. 상관없어. 차라리 필립을 어떻게 할 건지나 이야기해 보자."

"왜? 그게 무슨 말이야?"

코니가 무슨 말인지 몰라 물었다.

"걔가 아프잖아."

안나가 코니의 기억을 되살려 주었다.

"그래서 내가 걔에게 물어볼 수가 없다고. 무슨 말인지 알겠니?"

"아니. 문제가 뭐야? 그럼 내일 물어보면 되잖아?"

코니가 대답했다.

"아니면 우리가 그 이름을 더 이상 불러서는 안 되는 그 애의 집으로 병문안 갈 계획은 없니?"

디나가 안나를 보고 눈을 찡긋했다.

"하하, 되게 웃긴다. 나는 걔가 어디에 사는지도 모르는걸."

안나가 입을 삐죽거렸다.

"그리고 그렇다고 해도……. 아니야, 나는 걔를 찾아갈 생각 없어."

코니는 자기 일기장에 붙여둔 광고지가 생각났다.

"내가 걔가 사는 데를 우연히 알게 됐어. 걔네 집에 한번 가 볼까,

재미로 말이야. 어떻게 생각하니?"

코니가 씩 웃었다. 빌리가 킥킥댔다.

"우리가 개한테 숙제를 알려 줄 수도 있잖아. 그러면 좋아하지 않을까?"

"아니면 벨을 누르고 도망갈 수도 있고."

디나가 말하고 나서 깔깔 웃었다.

"그래, 그것 괜찮겠다! 숙제를 대문 앞에 놓아둔 다음, 벨을 누르고는 숨는 거야."

아이들은 킥킥 웃으면서 잠옷을 입고 대문 앞에 서 있는 필립의 얼굴을 상상해 보았다.

"오케이. 필립이 내일도 안 나오면 그렇게 하자. 나는 오늘은 못해. 니키를 동물 병원에 데려가야 하거든."

안나가 말했다.

"필립이 내일은 다 나았으면 좋겠다. 왠지 개랑 몹시 친해진 것 같아."

빌리가 말했다. 다른 아이들이 멍한 표정으로 빌리를 쳐다보았다. 빌리는 어깨를 으쓱했다.

"그냥 그렇다구."

빌리가 솔직하게 말했다.

"나는 개가 좋아. 뭐, 그게 어때서?"

마지막 수업이 끝나고 나서 코니와 안나는 함께 천천히 자전거 보관소로 향했다. 안나는 코니에게 용돈으로 산 새로운 CD에 대해 이야기하는 중이었다. 그러다가 제자리에 우뚝 멈추어 섰다. 안나는 조심스럽게 코니의 어깨 위에 손을 올려놓았다.

"네가 무슨 일을 했는지는 모르겠어."

안나가 느릿느릿 이야기를 꺼냈다.

"그러나 네게도 적이 생긴 것 같지 않니?"

안나는 검지 손가락으로 자전거 보관소 쪽을 가리켰다.

"오늘은 앞바퀴를 아예 교체하러 가야겠다."

코니는 얼굴이 딱딱하게 굳어진 채 이 엉뚱한 사고를 노려보았다.

"누가 이런 짓을!"

코니는 혼잣말을 했다. 눈에서는 눈물이 쏟아져 나왔다.

자전거 앞바퀴는 완전히 납작해져 있었다. 그리고 이번에는 범인이 타이어에서 공기만 빼 놓은 것이 아니라, 밸브 전체를 떼어 버렸다.

"이런 나쁜……."

안나가 욕을 퍼부었다. 안나는 훌쩍거리고 있는 코니를 안아 주었다.

"누가 이런 짓을 했을까? 정말 못됐다!"

"내가 이 나쁜 자식을 잡기만 해 봐. 죽여버릴 거야."

코니가 코를 훌쩍거렸다. 코니는 안나의 팔을 풀고 티셔츠 자락으로 눈물을 훔쳤다.

"펌프가 있어도 소용없잖아!"

"밸브 남은 것 있니?"

안나가 혹시나 하는 표정으로 물었다. 코니는 고개를 저었다.

"아니, 너는 있니?"

"아니."

안나도 힘없이 말했다. 안나는 이맛살을 찌푸렸다.

"이제 어떻게 하지?"

"안녕, 여기서 무슨 일이야?"

어느 틈엔가 파울이 여자 아이들 뒤에 와 있었다. 파울은 빨개진 코니의 눈을 보고는 깜짝 놀라는 표정을 지었다.

"누가 죽기라도 했니?"

코니는 그 말을 듣고 웃을 수밖에 없었다.

"응, 내 자전거 앞바퀴."

코니는 납작해진 타이어를 가리켰다.

"응?"

파울은 앞바퀴 옆에 무릎을 꿇고 앉았다.

"어쩌다 이렇게 됐어?"

"작은 새 한 마리가 날아와서 밸브를 열어 버렸어. 상상이 가니?"

안나가 비아냥거렸다.

"엥? 너 나를 놀리는 거냐?"

파울이 소리를 질렀다.

"응."

안나가 투덜거렸다.

"아니야."

코니가 말했다.

"미안하다, 파울. 우리가 지금 조금 신경이 곤두서 있어서 그래. 이게 벌써 두 번째거든. 어제는 타이어에 바람이 빠져 있더니 오늘은 밸브를 가져가 버렸어."

코니가 한숨을 쉬었다.

"집에까지 밀고 가야겠는데."

파울이 귓불을 잡아당겼다.

"흠, 내가 도와줄 수 있을 거야."

파울이 중얼거렸다.

"잠깐 기다려 봐. 내 자전거 주머니에 밸브가 하나 더 있을지도 몰라."

"정말?"

코니가 물었다.

파울이 고개를 끄덕했다.

"봐야지. 잠깐만."

파울은 뒤로 돌아서 자전거들 사이를 이리저리 피하며 자기의 산악자전거 쪽으로 갔다.

코니는 파울의 자전거 안장 아래에 연장들이 들어 있는 작은 주머니가 달려 있다는 것을 알고 있었다. 파울이 직접 코니에게 보여 준 적도 있고, 코니에게도 그런 주머니를 달라고 권하기도 했었다.

"미안, 코니. 난 지금 가 봐야 해. 30분 뒤에 안경점에서 우리 엄마를 만나기로 했거든"

"새 안경이 필요하니?"

"내가 아니라 우리 엄마가 필요해. 내가 안경을 골라 드려야 해."

"아, 그래? 알았어. 걱정하지 말고 얼른 가. 안 그러면 너 늦겠다. 이제 도와줄 사람도 생겼잖아."

"그럼 안녕!"

안나가 소리쳤다.

코니는 손을 흔들고 나서 파울이 있는 쪽을 보았다. 찾은 것 같았다.

"여기!"

파울이 소리를 치면서 무언가를 들어 보였다.

"이거면 맞을 거야!"

코니와 파울은 밸브를 끼운 다음, 타이어에 바람을 넣었다.

"밸브가 딱 맞아서 다행이다. 생각지도 못했는데. 두 자전거가 너무 다른데 말이야. 안 그러니?"

"아, 요즘은 밸브들 규격이 정해져 있잖아."

파울이 말했다. 파울은 자기 산악자전거의 안장에 앉아서 코니가 헬멧을 꺼내 쓸 때까지 기다렸다.

"내가 오늘 오후에 당장 새 밸브를 사서 내일 갖다 줄게."

파울이 코니에게 고개를 끄덕여 보였다.

"그리고 나도 저런 연장주머니를 하나 마련해야겠어. 연장들이 정말 쓸모가 많은 것 같아. 고마워, 파울. 네가 아니었으면 어떻게 해야할지 정말 몰랐을 거야."

"밀고 갔겠지. 뭐, 다른 수 있어?"

파울은 얼굴이 조금 붉어져 있었다. 파울은 1단 기어를 넣었다.

두 사람은 어깨를 나란히 하고 교정을 빠져나왔다. 코니의 집으로 들어가는 길목에서 두 사람은 헤어졌다.

"잘 가. 내일 보자."

"잘 가, 파울. 다시 한 번 고맙다."

코니는 자전거를 차고에 넣고 정원을 지나 집 안으로 들어갔다.

코니는 야옹 소리를 내며 자기에게 다가오는 고양이 마우를 쓰다듬어 주며 소리를 질렀다.

"집에 아무도 없어요? 아, 배고파!"

"우리, 부엌에 있어!"

야콥이 빽 하고 소리를 질렀다.

"스파게티 먹고 있어. 누나도 먹으려면 얼른 와!"

두 말할 필요도 없었다. 코니는 가방을 거실에 그냥 던져 놓고 재빨리 손을 씻었다.

"흠, 맛있겠다!"

부엌 식탁에 앉자마자 코니가 말했다.

엄마는 이맛살을 찌푸렸다.

"우리 먼저 먹어서 미안하다, 코니야. 하지만 네가 조금 늦었구나."

"예, 알아요."

코니는 두 번이나 당한 자전거 사고 이야기와 파울이 도와주었다는 이야기를 했다.

"파울이 안 도와주었으면 아직도 집에 못 왔을 거예요."

"어제도 그랬고 오늘도 그랬다고? 그건 우연이 절대 아닌데."

"누군가 일부러 그랬네, 쿨한데?"

야콥이 말했다.

"쿨은 그럴 때 쓰는 말이 아니지. 내가 볼 때는 그저 왕짜증이야."

코니가 포크로 스파게티 가락을 감으면서 한숨을 쉬었다.

"그런데 누가 도대체 그런 짓을 하는 거니? 누구랑 싸우기라도 했니?"

코니는 어깨를 으쓱했다.

"아뇨. 나도 궁금해요."

"그런 일이 다시 일어나면 바로 알려 다오."

엄마가 부탁했다.

"그러면 학교에 전화라도 해야지."

엄마는 고개를 흔들었다.

"학교에서 이런 일이 일어나는 것은 정말 안 좋아. 무언가를 이렇게 장난으로 망가뜨리는 일이 매일 일어날 거야. 너의 자전거만 망가졌니?"

"모르겠어요. 아마 그럴걸요."

코니가 대답했다.

"누군가 샘이 나서 그랬을 거야. 자기는 그렇게 튼튼한 자전거가 없으니까."

야콥이 자기 생각을 말했다.

코니는 접시를 치웠다. 배가 터질 것 같았다.

"응, 그럴 수도 있지. 하지만 우리 학교 자전거 보관소에는 내 것보다 더 좋고 더 비싼 자전거가 아주 많아. 내 자전거는 사실 눈에도 잘 띄지 않아."

"그것 정말 이상하구나. 당분간은 버스를 타고 학교 가는 것이 어떻겠니?"

"그럴 생각은 전혀 없어요."

코니가 당장 반대 의사를 나타냈다.

"어떤 멍청한 친구가 내 자전거를 노린다고 해서 숨을 생각은 전혀 없어요. 정반대지요!"

"그럼 아주 잘 보이는 곳에 자전거를 세워 놓으렴. 그러면 그 범인도 그딴 짓을 못하겠지."

"예, 좋은 생각이에요. 내일은 5분 일찍 가야겠어요. 그러면 보관소 앞쪽에도 빈자리가 있을 거예요."

코니는 빛의 속도로 숙제를 해치웠다. 다행히 오늘 숙제는 그리 많지 않았다.

"잠깐 시내에 좀 갔다 올게요."

코니가 정원에서 소리를 질렀다.

"파울 줄 밸브를 사야 하거든요."

엄마는 한 손에 책을 들고 흔들의자에 앉아 있었다. 엄마는 잠깐 눈을 들어 코니를 보았다.

"알았어. 잘 갔다 와."

코니는 길 끝에 있는 버스 정류장으로 갔다. 몇 분마다 한 번씩 시내버스가 오니까 오래 기다릴 필요가 없었다. 창가의 빈자리에 앉아 창문에 머리를 기대었다.

버스가 고급 주택가로 접어들자, 코니는 몸을 바로 세웠다. 이곳의 집들은 낡았지만 멋지게 보이는 다세대 주택들이었고 공원 비슷한 정원이 딸려 있었다. 집들은 대개 높은 담장이나 울타리로 가려 있었다. 집들 입구에는 아주 비싼 자동차들이 서 있었다.

'아주 멋지고 우아해.'라고 코니는 생각했다.

몇몇 사무실 표지판이 보였지만 버스가 빨리 달려서 읽을 수는 없었다. 그러나 다음 정류장에서 코니는 할 말을 잃고 말았다.

"필립!"

코니가 큰 소리로 말했다. 건너편에 앉아 있던 신사가 읽고 있던 신문을 내렸다.

"응, 뭐라고?"

그 신사가 물었다.

"예?"

코니의 얼굴이 빨개졌다.

"아, 죄송합니다. 아저씨 보고 한 말이 아니에요."

코니가 말을 더듬었다.

코니는 의자 깊숙이 몸을 묻었다. 동시에 그 신사 옆으로 밖을 내다보느라 목이 빠질 뻔했다.

틀림없었다! 버스 정류장에 필립이 서 있었다. 아프다더니, 필립은 아주 생생해 보였다. 팔에는 농구공을 끼고 조금 나이 들어 보이는 남자 아이 하나와 이야기를 나누고 있었다. 웃으면서 이야기를 하는 둘은 아주 재미있어 보였다. 다행히 두 아이는 버스를 탈 생각은 없는 듯 보였다. 코니는 필립이 나타나면 무슨 말을 해야 할지 몰랐다.

'안녕, 필립? 벌써 다 나았니? 금세 나았구나.' 뭐, 이런 정도?

버스가 다시 움직이기 시작하자, 코니는 자리에서 일어났다. 다음 다음 정류장에서 내려야 했기 때문이다.

자전거 점포까지는 조금 더 걸어야 했다.

"이거 정말 사건인데."

코니가 중얼거렸다.

"린트만 선생님은 아빠가 필립이 아프다고 전화했다고 했잖아. 그런데 지금 쟤는 아주 건강하고 즐겁게 돌아다니고 있고."

코니는 씩 웃을 수밖에 없었다. '땡땡이 치는 친구들의 고전적인 수법이다.'라고 코니는 생각했다. 필립이 내일이면 학교에 나올까, 코니는 궁금했다.

자전거 점포에 들어서자 코니의 머리 위에서 '딸랑' 하고 방울소리가 났다. 그때까지도 코니는 얼굴에 미소를 띠고 있었다.

알람이 울렸을 때, 코니는 다시 돌아누워 계속 자고 싶은 욕구를 강하게 느꼈다. 그러나 오늘은 특별히 일찍 일어나야 한다는 생각이 들었다. 코니는 시계를 한 번 두드려 주고는 억지로 침대에서 몸을 일으켰다.

"안녕?"

마우에게 인사를 했다.

"야옹!"

마우도 인사를 했다. 마우는 기지개를 켜며 하품을 했다. 자그마한 분홍색 입천장과 작고 하얀 이빨이 보였다.

코니는 창가로 가서 커튼 틈으로 밖을 내다보았다. 하늘은 회색으로 구름이 잔뜩 드리워져 있었다. 빗방울이 하나둘 유리창을 타고 흘러내렸다.

끝내 주네! 이른 아침부터 빗속을 뚫고 자전거를 타고 가는 것은 코니가 딱히 좋아하는 일은 아니었다. 하지만 비가 그리 심하게 오지는 않았다. 보슬비나 다름없었다. 코니는 재빨리 옷을 입었다. 그리고 나서 계단을 뛰어 내려갔다.

"우리가 설탕으로 만들어진 것은 아니잖아."

코니는 마우에게 말하고는 마우를 정원으로 내보냈다. 마우는 잠깐 멈추어 서서 코를 공중으로 들어올렸다. 그러고는 성큼성큼 풀밭 위를 걸어서 나무 아래로 몸을 숨겼다.

조금 뒤 코니는 큰 길을 따라 자전거 길을 쏜살같이 달리고 있었다. 비는 그쳤다. 회색 구름이 물러가고 해가 고개를 내밀었다.

코니는 사거리에서 버스를 따라잡고 아빠도 앞질렀다. 아빠는 신호가 바뀌기를 기다리면서 즐겁게 코니를 향해 손을 흔들었다.

코니는 만족스러운 표정으로 학교 가는 길로 꺾어 들어갔다.

"완벽해!"

코니가 자전거 보관소에 빈자리가 많은 것을 보고 말했다. 코니는 맨 앞에 자전거를 세웠다.

"여기 있으면 아무도 너를 건드리지 못할 거야."

"안녕? 너는 항상 네 자전거랑 이야기를 하니?"

필립이 가로등에 삐딱하게 기대어 서서 코니를 비웃듯이 쳐다보고 있었다. 적어도 코니는 필립의 눈빛에서 그런 모습을 읽었다.

"아, 물론이지. 너는 안 그러니?"

코니가 냉랭하게 말했다.

그러자 필립은 아주 태연하게 미소를 지었다. 코니가 수영장에서 보고 마음에 들어 했던 그 미소였다.

"응, 나는 안 그래."

필립이 말했다.

"그리고 내 자전거는 이탈리아에서 온 건데, 나는 이탈리아 말을 할 줄 모르거든. 그래서 서로 의사소통하는 데 문제가 조금 있을 거야."

코니는 피식 웃지 않을 수 없었다.

"너 어디 아팠니? 어제는 학교에 안 왔더라."

코니가 물었다.

"아니야. 그냥 하루 정도 쉴 필요가 있었어."

필립이 자전거에 자물쇠를 채우기 위해 몸을 구부렸다. 긴 금발머리가 얼굴 위로 흘러내렸다.

"우리 아버지는 그런 일에는 아주 관대하시거든."

"정말?"

코니가 놀랐다.

필립이 고개를 끄덕였다.

"교실로 가자."

필립이 머리로 학교 건물 쪽을 가리켰다.

"첫 시간은 파충류 선생님 시간이지? 솔직히 말해서 또 지각할 생각은 없어."

"이해가 간다."

코니와 필립은 함께 넓은 학교 계단을 올랐다. 현관 앞에 도착하자 필립이 코니를 위해 문을 열어 주었다.

이게 웬일이야! 어떤 남자 아이 하나가 어딘가의 문을 열고 잡아 주는 일이 지금까지 한 번이라도 있었던지, 그런 기억은 없어. 남자 아이들은 남에 대한 배려라고는 눈곱만큼도 없잖아. 노약자 특히 여자 아이들을 마구 밀치고 달려들지 않았던가!

"고마워."

코니가 말했다.

"천만에."

필립이 말했다. 필립은 또 다시 그 유명한 필립표 환한 미소를 짓고 있었다.

"안녕, 코니! 안녕, 필립!"

이때 누군가 뒤에서 소리를 쳤다. 코니는 뒤를 돌아보았다. 학교 첫날에 만났던 그 남자 아이였다. 앞에서 보니까 빌리하고는 조금도 비슷한 데가 없었다. 어떻게 두 사람을 혼동할 수 있었을까?

"안녕."

코니가 머뭇거리며 대답했다.

"안녕, 야닉?"

필립이 같은 학년 친구와 하이파이브를 했다.

"오늘 오후 세 시 우리 집에서다?"

"응, 갈게."

야닉이 말하고는 학생들 틈으로 금세 사라져 버렸다.

"내 과외 학생이야."

코니가 궁금해하는 눈치를 보이자 필립이 설명해 주었다.

코니는 그 자리에 멈추어 섰다.

"잠깐만. 네가 우리 동급생에게 과외를 해 주고 있다고?"

필립이 씩 웃었다.

"왜 안 돼? 쟤는 영어에 문제가 있거든."

필립은 코니를 그 자리에 선 채로 그냥 두고 앞으로 걸어 나갔다.

코니가 교실에 들어가자 당장 안나와 빌리, 디나가 코니를 반갑게 맞아 주었다.

"걔 다시 왔어. 오늘 안나가 걔한테 반드시 물어봐야 해."

빌리가 코니에게 속삭였다. 코니는 교실 건너편을 힐끗 바라보았다. 필립은 자기 자리에 앉아 스포츠 잡지를 뒤적이고 있었다.

"응, 알아. 나도 이미 봤어."

코니가 대답했다. 코니는 안나 쪽을 돌아보았다.

"그리고? 너는 아주 멋진 대사라도 생각해 두었니?"

안나는 자기 티셔츠를 반듯이 폈다. 안나는 이번에도 입술에 립글로스를 바르고 있었다.

"응, 생각해 뒀어. 첫 번째 쉬는 시간에 바로 공격할 거야."

"그럼 잘해 봐! 내가 응원할게."

코니가 말했다.

필립이 과외 지도를 한다는 것을 알고 나니까 필립이 왜 유급을 했는지가 더욱 더 궁금해졌다. 코니의 생각으로는 뭔가 석연치 않았다. 걔한테는 분명 비밀이 있었다. 그것이 무엇인지 코니는 정말 알고 싶었다.

다음 시간 내내 코니는 아무도 모르게 필립을 살펴보았다. 평소와 다름없는 자신감 있는 태도에도 불구하고 필립은 그 날따라 조용하고 조심성이 많아 보였다. 발표도 거의 하지 않았으며 받아 적지도 않았다. 대부분의 시간을 필립은 멍하니 창밖을 보며 보냈다. 생각이 어딘가 딴 곳에 있는 듯 보였다. 아프리카라도 가 있는 것일까?

그런데도 필립은 선생님이 시키면 정확한 답을 준비하고 있었다. 이 날 오전 여러 차례나 주의를 받고 그럴 때마다 얼굴이 새빨개지곤 했던 코니와는 정반대였다.

"도대체 왜 그래? 정신 좀 차려!"

안나가 코니에게 속삭였다.

"아무것도 아니야."

코니가 마찬가지로 속삭이며 대답했다.

마침내 쉬는 시간이 되자, 아이들은 동시에 벌떡 일어났다.

"전략적으로 아주 유리한 위치를 찾아야 해."

디나가 말했다.

"모든 것을 정확히 관찰할 수 있는 곳."

"먼저 필립 백작이 어디에서 쉬는 시간을 보내려고 하는지 알아야
해."

빌리가 아이들에게 생각할 거리를 주었다.

"화장실에는 가겠지? 우리 몰래 걔 뒤를 따라가 볼까?"

"우리 모두가 걔 뒤를 밟을 필요가 있어?"

코니가 물었다.

"안나만 걔를 따라가면 되지."

"맞아."

빌리가 인정했다.

"그래도 안나가 잘하는지는 지켜봐야지."

안나가 고개를 푹 숙였다.

"내가 잘할 수 있을까?"

안나는 기운차게 선글라스를 다시 쓴 다음에 다시 한 번 깊이 숨을
들이마셨다.

"자, 준비됐어!"

필립이 정원 쪽으로 가는 것이 보였다. 코니가 가볍게 안나의 옆구

리를 밀었다.

"자, 돌격!"

코니가 안나에게 속삭였다.

몇 미터의 안전거리를 두고 코니와 빌리, 그리고 디나가 뒤를 따르기 시작했다. 아이들은 안나가 필립 뒤를 바짝 쫓아 학교 정원으로 가는 것을 보았다. 아이들은 두 사람의 바로 뒤에서 슬쩍 빠져나와 기둥 뒤로 숨었다.

"여기서는 아주 잘 살펴볼 수 있겠다."

디나가 모퉁이에 숨으면서 말했다.

"와! 안나가 정말로 물어보나 봐."

"정말?"

빌리가 디나를 한쪽으로 밀었다.

"저리 좀 비켜 봐! 아무것도 안 보이잖아."

코니는 밑으로 늘어진 나뭇가지 뒤에 몸을 숨긴 다음 나뭇잎들 사이로 훔쳐보았다. 바로 앞이 학교 정원이었다. 필립이 보였다. 필립은 초코바 포장을 벗겼다. 그런데 안나는 어디 있는 것일까? 저기야! 필립으로부터 겨우 몇 걸음밖에 떨어져 있지 않았다. 코니는 숨을 멈추었다. 안나가 손으로 머리를 쓸어내리는 것이 보였다. 그리고 나서 안나는 성큼성큼 똑바로 필립이 있는 쪽으로 걸어갔다. 안나가 무어라고 필립에게 말을 했다. 필립이 뒤로 돌았다. 필립의 깜짝 놀라는 얼굴이 보였다.

"이런, 쟤들이 뭐라고 얘기를 하는지 들을 수 있으면 좋을 텐데."

빌리가 나지막한 소리로 투덜거렸다.

코니가 고개를 끄덕거렸다. 맞아. 이럴 때는 도청 장치라도 있었으면 싶었다. 아니면 입술을 읽을 수 있는 능력이라도. 유감스럽게도 아이들은 이것도 저것도 가지고 있지 못했다. 코니는 다시 필립과 안나의 표정 연기에 집중했다.

필립이 태연하게 초코바를 먹는 동안, 안나는 불행하다고 할 만한 표정을 짓고 있었다. 그리고 필립이 조금 뒤 큰 소리로 웃음을 터뜨리고 머리를 흔들 때 안나는 아무 말 없이 뒤로 돌아섰다. 안나의 뺨이 상당히 빨갛게 상기된 것을 볼 수 있었다.

"와우, 뭔가 잘못된 것 같은데."

빌리가 짐작한 것을 말했다.

디나와 코니는 잠깐 눈짓을 주고받았다. 두 아이는 숨어 있는 곳에서 나와서 안나를 맞아 주었다.

"어땠어? 어떻게 됐냐고?"

디나가 조심스럽게 물어보았다.

"아무것도 안 됐어."

안나가 가쁘게 숨을 쉬었다.

"아무것도 안 됐다니, 그게 무슨 뜻이야? 둘이 이야기도 했잖아."

코니가 궁금해했다. 안나가 고개를 끄덕였다.

"그랬지. 그런데 내가 걔한테 왜 일 년을 다시 다니냐고 물었더니, 걔는 그저 웃기만 하더라고. 그러고는 한다는 말이……."

안나가 말을 멈추었다.

"걔가 뭐라고 했는데?"

빌리가 재촉했다.

"한 마디 한 마디 꼭 일일이 물어보게 할 작정이니?"

"몇몇 사람들한테만 말할 작정이래. 그리고⋯⋯."

"그리고?"

"그리고 난 그 몇몇 사람 안에 들지 못한대!"

"엥!"

빌리가 소리를 질렀다.

"맞아."

안나가 유감스럽다는 듯한 표정을 모두에게 지어 보이고는 한숨을 쉬었다.

"미안, 그래도 나는 최선을 다했다."

"응, 그건 우리도 알아."

코니가 안나를 달래 주었다.

"네가 용기를 내서 걔한테 그걸 물어본 건 정말 대단했어."

"나도 그렇게 생각해."

디나도 거들었다. 빌리도 고개를 끄덕였다.

"너무 속상해하지는 마. 걔의 비밀이 뭔지 곧 알게 될 거야."

"뭐, 그래도 그렇게 기분이 나쁘진 않아. 모레는 금요일이니까."

코니가 즐겁게 말했다.

"그게 뭐?"

안나가 조금 놀라면서 물었다.

"그때면 우리는 유카에 가잖아."

코니가 환호성을 질렀다.

"벌써 잊었니? 우리 넷이! 물론 다른 아이들도 가지만, 그거야 중요하지 않지."

"맞아! 유카!"

빌리가 제자리에서 팔짝 뛰었다.

안나의 얼굴도 확 밝아졌다.

"최고다! 일주일 내내 자유와 모험!"

안나는 다른 아이들과 하이파이브를 날렸다.

"정말 재미있을 거야! 두고 보면 알겠지."

코니가 소리를 질렀다.

"뭐 잊은 거 없니?"

베르디 씨가 물었다. 베르디 씨는 자동차의 짐칸 앞에 서서 안쪽을 들여다봤다.

"배낭? 침낭? 먹을 것은?"

"다 있어요, 베르디 아저씨. 우리가 보기에는 출발할 수 있을 거 같아요."

코니가 말했다.

"그럼, 아가씨들, 차에 오르시겠습니까?"

빌리 아빠가 차문을 열어 주었다. 빌리 아빠는 진짜 기사처럼 고개를 깊이 숙였다.

아이들은 킥킥거리면서 넓적한 자동차 안으로 기어올랐다. 코니와 빌리, 그리고 디나는 뒤쪽에 앉았다. 안나는 예외적으로 앞쪽에 앉도록 허락을 받았다. 안나는 안전벨트를 매고 나서 뒤를 돌아보았다.

"코니, 너는 자전거 어떻게 해? 너 정말로 주말 내내 학교에 세워 둘 거야?"

코니가 고개를 저었다.

"아니, 안 그래. 우리 아빠가 열쇠를 갖고 있어. 나중에 와서 집으로 가져가실 거야."

코니가 아침마다 일찍 학교에 가서 자전거를 항상 보관소의 맨 앞줄에 세워 놓으니까, 범인은 이제 포기한 것 같았다. 어찌 됐든 요 며칠 동안은 바람 빠진 타이어나 잃어버린 밸브 때문에 속 썩는 일은 없었다.

"애들아, 너희들도 흥분되니?"

디나가 물었다.

"아, 물론이지!"

다른 아이들이 입을 맞추어 말했다.

베르디 씨는 시동을 걸었다.

"학교에서 쓰던 물건들은 나중에 내가 너희들 부모님들에게 갖다 줄게. 아니면 텐트로 같이 가져갈래?"

베르디 씨가 아이들에게 눈을 깜빡거렸다.

안나가 화들짝 눈을 뜨며 말했다.

"그것만은 참아 주세요! 며칠간 그것들을 안 본다고 생각하니까 정말 기쁘단 말이에요."

자동차가 학교 주차장을 출발했다. 몇몇 학교 친구들도 부모님의 자동차에 짐을 싣고 타는 것이 보였다.

"캠프에 참가하는 사람이 몇 명이야?"

"분명히 100명은 넘을걸."

빌리가 대답했다.

"응? 그렇게 많아? 텐트에 다 들어갈 수나 있으려나?"

디나가 놀랐다. 코니는 미소를 지을 수밖에 없었다.

"발트제에 가면 텐트가 하나가 아니고 여러 개 있을 거야."

"그리고 텐트 안에 다 못 들어가면 그냥 밖에서 자지, 뭐. 그것도 아주 멋지지 않을까, 안 그래?"

안나가 씩씩하게 말했다.

발트제까지는 도시를 벗어나서도 한참을 가야 했다. 몇 킬로미터
를 달리자, 벌써 주위는 시골답게 변해 갔다. 부드러운 초록색 들판,
그 위에서는 말과 소 들이 풀을 뜯고 있었고, 들판과 숲 그리고 작은
마을이 번갈아 가며 나타났다.

"여기 참 멋지다, 그치?"

안나가 창문을 내리고는 창밖으로 고개를 내밀었다.

"정말!"

코니가 깊이 숨을 들이마셨다. 코니는 자리 깊숙이 몸을 묻고 바깥
풍경을 즐겼다. 여행이나 모험을 앞두고는 늘 그렇듯이 배 속이 간질
간질했다. 어른들이라고는 하나도 없는 캠프에서 3일을 보낸다는 상
상만 해도 간질간질한 느낌이 더 기분 좋게 느껴졌다.

"칫솔을 잊고 온 것 같아."

빌리가 투덜거렸다. 빌리 아빠가 고개를 저었다.

"아니야. 너 가져왔어. 엄마가 오늘 아침 직접 너의 배낭에 집어넣
었단다."

빌리 아빠가 말했다.

"내 손전등은요? 손전등이 없으면 텐트 안에서 밤을 보낼 수 없잖
아요. 손전등 넣는 것을 잊어먹은 것 같아."

"내가 하나 가져왔어."

코니가 말했다.

"나도!"

안나도 말했다.

베르디 씨는 백밀러로 아이들을 보았다.

"그럼 아무 문제 없는 거지?"

빌리가 이맛살을 찌푸렸다.

"건전지는 몇 개 더 가져왔니? 너희들 당연히 준비해 왔겠지?"

"그래, 그래."

코니와 안나가 합창을 했다.

"그러니까 이제 걱정 좀 그만 해, 빌리. 아니면 너희 아빠가 너를 지금 당장 다시 집으로 데려가시겠다."

디나가 미소를 지었다. 빌리가 깜짝 놀라는 표정을 지었다.

"설마, 그럴 리가! 그럴 거면 차라리 이 닦는 것도 포기하고 주말 내내 어둠 속에서 헤맬래."

빌리가 소리를 꽥 질렀다. 모두들 한바탕 웃음을 터뜨렸다. 베르디 씨가 좁은 숲길 쪽으로 꺾어 들어갔다.

"여기가 맞는 거니?"

베르디 씨가 물었다.

"누가 표지판 본 사람 없어?"

"아빠! 아빠가 길을 잘 아신다고 했잖아요?"

빌리가 소리를 질렀다. 코니도 깜짝 놀랐다. 도로 표지판이건 안내문이건 전혀 신경 쓰지 않았기 때문이다. 그리고 이쪽 지역에 대해 코니는 전혀 몰랐다. 그러자 베르디 씨가 껄껄 웃었다.

"농담이야, 농담. 아가씨들! 겁먹지 말라고. 이제 거의 다 왔으니까!"

덜컹거리는 비포장도로를 어렵사리 지나자 갑자기 숲길이 끝났다. 높은 산울타리가 야영장을 둘러싸고 있었다. 검은 나무문이 캠프 입구임을 가리키고 있었다. 위쪽에 손으로 쓴 현수막이 비스듬히 걸려 있었다.

마법의 유아에 오신 것을 진심으로 환영합니다!

빽빽하게 선 나무들 사이로 무언가가 반짝였다.
"저기다!"
안나가 흥분해서 소리를 질렀다.
"발트제도 보여. 그리고 저 뒤에는 텐트들이 서 있어!"
코니와 빌리, 그리고 디나는 목을 길게 빼고 내다보았다. 빌리 아빠는 조심스럽게 자동차를 캠프 입구에 마련된 간이 주차장으로 몰았다.
"목적지입니다, 숙녀분들! 모두 내려 주십시오."
빌리 아빠가 말했다. 코니가 자동차 문을 벌컥 열고는 재빨리 내렸다. 코니는 두 손을 번쩍 들고는 소리쳤다.
"자, 이제 시작이다!"
베르디 씨가 배낭과 침낭을 차에서 내리는 동안 아이들은 호기심에 가득 찬 눈으로 주위를 둘러보았다. 하지만 그리 볼 것이 많지는 않았다. 자동차 여러 대가 차례로 주차장으로 들어왔다. 코니는 하우저 씨의 자동차를 알아볼 수 있었다. 파울과 마르크가 차에서 내렸다. 파울은 코니를 보고 고갯짓을 하고는 야구 모자를 깊숙이 눌러쓰고 배낭을 어깨에 둘러멨다. 파울과 아빠가 헤어지면서 인사하는 소리가 들렸다. 두 남자 아이는 잠깐 주위를 둘러보더니 입구를 향해 터벅터벅 걸어가기 시작했다.

"등록은 어디에서 하지?"

안나가 물었다.

코니가 어깨를 으쓱했다.

"몰라. 짐을 가지고 일단 안으로 들어가자. 그럼 알 수 있겠지."

코니는 빌리 아빠에게 태워다 주서서 고맙다고 인사를 했다.

베르디 씨는 다시 한 번 빌리를 안아 주고는 일요일 저녁에 다시 오겠다고 약속했다.

"재미있게들 놀아라! 조심하고, 안녕!"

빌리 아빠가 소리를 지르면서 자동차를 주차장 밖으로 몰고 나갔다.

"안녕, 아빠!"

빌리가 소리를 지르고 다시 입맞춤을 날려 보냈다. 그리고 나서 빌리는 다른 아이들 있는 쪽으로 오더니 미소를 지었다.

"왜들 이러고 있어? 여기서 뿌리라도 내릴 참이니? 신나는 모험이 잔뜩 우리를 기다리고 있잖아."

빌리는 대장이라도 되는 듯이 문을 지나 앞서서 나아갔다.

몇 걸음 지나지 않아 통나무집이 한 채 나타났다. 열린 창문으로 음악 소리가 크게 들렸다. 여자 세 명과 남자 한 명이 밖으로 나와 아이들에게 인사를 했다. 코니가 아는 얼굴들이었다. 이들은 모두 레싱 김나지움의 졸업반 학생들이었다.

" 어이, 새로 온 친구들!"

남자 선배가 갖고 있던 클립보드를 옆구리에 끼고는 코니와 안나, 빌리, 디나에게 손을 내밀었다.

"유카에 온 것을 환영한다. 너희들 여기 처음이니?"

코니와 아이들은 고개를 끄덕했다.

"오케이. 내 이름은 로렌츠야. 여기 리더 가운데 한 사람이지."

로렌츠는 자기 티셔츠에 붙어 있는 이름표를 가리켰다.

"질문이나 필요한 것이 있으면 언제든지 우리 가운데 하나에게 말해라. 우리는 쉽게 알아볼 수 있을 거야."

로렌츠가 웃었다. 이제야 로렌츠와 세 여자 리더들이 밝은 색 반바지와 똑같이 생긴 남색 티셔츠를 입고 하얀색 이름표를 달고 있다는 것이 코니 눈에 띄었다. 로렌츠 옆에 친절한 미소를 띠고 있는 세 여자 리더는 차례로 마리, 요한나, 메를레라고 했다.

"이름표가 있어서 아주 좋아요. 우리도 받게 되나요?"

디나가 물었다.

"아니. 너희들은 대부분 학교에서 서로 잘 알고 있잖아. 그리고 아직 서로 모르는 친구들은 여기 캠프에서 금세 알게 될 거야. 너희들 짐은 다 챙겼니?"

요한나가 물었다. 아이들이 고개를 끄덕했다.

"그러면 메를레와 마리가 곧바로 몇 가지 중요한 진행 사항을 알려 줄 거야."

로렌츠가 클립보드를 손에 들었다.

"그 전에 너희들 이름을 알고 싶은데."

코니와 안나, 빌리, 디나가 차례로 자기 이름을 불러 주었다. 로렌츠가 명단에 있는 아이들 이름 앞에 체크를 하고 만족스러운 듯 고개를 끄덕거렸다.

"텐트 잠자리가 추첨으로 결정된다는 건 알고 있지?"

"예."

코니와 안나가 동시에 대답했다.

"중요한 것은 내가 야테네랑 그 여우들 틈에서 자지 않는다는 것이죠."

디나가 어깨를 으쓱하며 중얼거렸다.

로렌츠가 웃었다.

"한 가지는 내가 너희들에게 약속할 수 있어. 여우들은 텐트 안에서 못 자. 이제 가 볼까? 메를레와 마리가 너희들에게 캠프를 보여줄 거야."

코니는 벌써부터 머리가 어지러웠다. 끈질기게 코니 주위에서 앵앵거리는 모기들 때문만은 아니었다. 한 걸음 내디딜 때마다 배낭은 점점 더 무거워지는 것 같았다. 그리고 꼴사나운 침낭을 얼마나 지고 다녀야 하는지도 수수께끼였다. 당장이라도 그 자리에 던져 버리고 그 위에 앉아 한 걸음도 더 못 걷겠다고 말하고 싶었다.

무엇이 어디에 있는지 이 수많은 정보들, 어떻게 이것들을 다 머릿속에 외운단 말인가? 코니는 캠프가 이렇게 넓을 줄은 생각도 하지 못했다.

메를레와 마리는 오른쪽, 왼쪽을 번갈아 가며 가리켰다.

"저 앞쪽에 있는 것이 취사장이야. 저기에서 음식을 하지."

"바로 그 옆이 우리가 식사를 하는 곳이고. 하지만 고기를 구울 때는 밖에서 하지."

"여기에 워크숍 포스터들이 붙어 있어. 낚시에서부터 마술까지 여기에 모두 있지. 늦지 않게 신청하기 바란다."

"모퉁이에 수영장이 있고 200미터 더 가면 카누와 보트 선착장이 있다."

"세탁장과 샤워장은 통나무집 안에 있고 화장실은 그 옆에 있어. 너희들은 안내판만 잘 보고 다니면 돼."

코니는 두툼한 나무 그루터기에 걸려 비틀거리면서 나지막한 소리로 투덜거렸다. 코니는 옆을 힐끗 보았다. 안나와 빌리, 디나도 어지럽다는 표정을 지었다.

"걱정하지 마! 조금 있다가 너희들은 파일 하나를 받게 될 거야. 그 안에 다 들어 있어."

매를레가 밝은 목소리로 아이들을 보고 말했다.

"거기 보면 지도도 들어 있어. 안 그러면 금세 다들 길을 잃을 거야."

마리가 알려 주었다.

"놀랄 거 없어. 아직까지 길을 잃은 사람은 아무도 없으니까."

메를레가 웃었다.

"다행이네요. 정말 위로가 돼요."

코니가 빈정댔다. 이 순간 코니는 바라는 게 딱 하나밖에 없었다. 이 무거운 짐을 내려놓고 시원한 음료수를 한 잔 마시는 것!

코니의 생각을 읽기라도 한 듯 마리가 말했다.

"여기다 우선 너희들 배낭과 짐을 내려놓아도 돼."

마리는 텐트 하나를 가리켰다. 텐트 안에는 벌써 수많은 침낭과 배낭이 쌓여 있었다.

"이제 차가운 음료수를 가져다줄게. 모두 다 도착하면 본부 앞에서 숙소를 정할 거야. 그때 보자!"

조금 뒤 코니와 친구들은 호수 옆 나이 든 나무 그늘에 앉아 있었다. 아이들은 물속에 발을 담그고 흔들면서 차가운 주스를 마셨다.

"아, 이제 좀 살 것 같다."

안나가 편안하게 한숨을 쉬었다.

"응. 추첨도 끝났다면 좋겠다."

디나가 자갈을 물속에 던졌다. 자갈은 보골보골 소리를 내며 호수 안으로 가라앉았다. 디나는 걱정스런 표정을 지었다.

"우리 넷이 함께 지내면 좋을 텐데."

"그럴 수 있을지도 몰라. 운이 조금만 좋으면 말이야."

코니가 대꾸했다.

빌리가 고개를 저었다.

"뭐? 참가자가 100명이 조금 넘고 한 텐트에 들어가는 숫자는 얼마 안 되니까, 우리가 한 텐트 안에서 지낼 가능성은 매우 적어. 물론 나는 정확한 확률을 계산할 수는 있지만 그렇게 하지 않아도 말할 수 있어. 우리가 한 텐트 안에서 지내게 될 확률은 로또에서 당첨될 확률과 비슷할 거야."

"괜찮아, 텐트에서는 잠만 자잖아."

불쑥 안나가 말했다.

"낮에는 우리 함께 지낼 거야. 그런데 너희들 어떤 워크숍에 참가할지 생각해 봤니? 내 생각엔 같이 있을 때 더 많은 여러 가지 일들을 했으면 좋겠어. 다 같이 잠도 못 잘 텐데."

안나가 덧붙였다.

"나는 수채화는 꼭 할 거야. 도자기도 만들어 보고 싶고."

디나가 애들 앞에 자기 생각을 밝혔다.

"흠, 나는 활쏘기를 생각하고 있었어. 그리고 비치발리볼?"

빌리가 말했다. 코니가 얼굴을 찡그렸다.

"나는 카누나 보트 생각했어. 우리 각자 상당히 다른 데 관심이 있는 것 같다, 안 그래?"

"하긴 나는 연극에 관심이 있으니까."

안나가 고개를 끄덕했다.

"하지만 어쨌든 야간 하이킹은 다 같이 하는 거다. 좋아?"

"좋아!"

빌리와 디나가 재빨리 대답했다.

"그건 믿어도 되지."

코니가 호수 가장자리로 뛰어들었다. 낮은 물속에서 물고기가 헤엄치는 것이 보였다. 아까 리더들이 '낚시' 이야기를 했던가? 불쌍한 물고기들! 코니는 카누를 타게 되면 되도록 물고기들을 피해 가야겠다고 결심했다. 그전에 카누 팀에 들어갈 수나 있을까 걱정이 되었다. 카누 팀에 들어갈 때에도 추첨으로 결정하려나? 코니는 호숫가에서 겨우 보트 몇 척만을 보았을 뿐이었다.

"우리 워크숍부터 먼저 신청해 놓는 것이 좋지 않을까?"

코니가 안을 내놓았다.

"나중에는 좋은 활동들이 다 없어지고 말 거야. 그러면 남아 있는 자리에 신청할 수밖에."

코니는 코를 찡긋했다.

"예를 들어 낚시!"

"아니면 빵 굽기!"

안나가 환하게 웃었다.

"이렇게 더울 때에는 전혀 빵 같은 건 굽고 싶지 않은데. 너무 더 워!"

아이들은 함께 여러 가지 캠프 활동 포스터가 붙어 있는 곳으로 달려갔다. 캠프 사무실이자 응급 구조반, 전화 센터로 쓰이는 통나무집에 포스터들이 줄줄이 붙어 있었다. 실제로 몇몇 포스터 앞에는 참가 희망자들이 무리를 지어 서서 몇 자루 안 되는 볼펜을 서로 갖겠다고 다투면서 인기 좋은 활동을 신청하려고 싸우고 있었다.

"우리가 너무 늦게 온 건가?"

디나가 걱정스럽게 물었다.

"뭐?"

코니가 디나의 손을 잡고 디나와 함께 사람들 틈을 비집고 들어 갔다.

"여기 있다. 수채화!"

코니는 A4 용지 하나를 가리켰다.

"아직 몇 자리는 남아 있네. 얼른 네 이름 써 넣어. 그리고 도자기도 있다."

디나는 목록에 자기 이름을 적어 넣었다.

"너희들은 어떻게 해?"

"벌써 했어! 나는 연극에 이름을 올렸어."

안나가 의기양양하게 말했다.

"아주 아래쪽이긴 하지만 신청은 한 거지."

빌리는 조금 기분이 좋지 않은 것처럼 보였다.

"활쏘기는 이미 다 찼어. 그런데 어떤 여자 아이가 그러는데 신청자가 너무 많아서 코스 하나가 더 생길지도 모른대. 그래도 어쨌든 비치발리볼은 신청했어."

"잘됐다! 나도 운이 좋으면 좋을 텐데."

코니는 친구들을 남겨 두고 아이들 틈을 뚫고 앞으로 나아갔다.

"누구 카누 본 사람 없니?"

코니가 큰 소리로 물었다. 코니는 까치발을 하고는 목을 길게 뽑았다.

"물론 봤지."

뒤쪽에서 코니에게 익숙한 목소리가 말했다.

"호숫가에 있어. 보트 바로 옆에. 여기서 보자면 왼쪽에서 두 번째 선착장."

코니는 천천히 뒤를 돌아보다가 깜짝 놀랐다. 필립이 너무 가까이 서 있어서 하마터면 두 사람의 코가 서로 닿을 뻔했다.

코니는 한 걸음 뒤로 물러서려 했지만 뒤쪽은 통나무집의 벽이었다.

사람 살려! 다른 아이들은 어디 있는 거야? 이 아이들은 필요할 때면 언제나 없다.

"안녕, 코니?"

필립이 코니를 보고 씩 웃었다.

"만나서 반갑다!"

웃어서 생긴 잔주름이 필립의 갈색 눈 주위에 보였다.

순간 코니는 자신의 얼굴이 붉어지는 것을 분명하게 느낄 수 있었다. 그러나 필립은 다른 쪽으로 시선을 돌렸다. 필립은 아무런 눈치도 못 챈 것 같았다. 코니는 휴 하고 한숨을 내쉬었다.

필립은 코니의 뒤쪽을 바라보았다.

"미안!"

뭐라고 말할 새도 없이 필립은 한 손으로 코니의 어깨를 짚었다. 그러고는 줄에 매달려 있는 볼펜 하나를 낚아챘다.

"자, 여기 있어. 그리고 네 질문으로 다시 돌아가서 카누 목록은 네 바로 뒤에 붙어 있어."

필립이 코니에게 눈을 찡긋했다.

"돌아서기만 하면 돼."

"뭐라고? 응? 아!"

코니는 말을 더듬었다. 코니는 필립에게서 볼펜을 받아들고 뒤로 돌아섰다. 코니의 눈에 벽에 붙어 있는 종이가 보였다. 놓칠 수 없을 만큼 커다란 글씨로 맨 위쪽에 '카누'라고 적혀 있었다. 이걸 어째!

코니는 재빨리 자기 이름을 적어 넣었다. 자기 이름 바로 위에 '필립 그라프'라고 적혀 있는 것을 보고 코니는 심장이 멎는 것 같았다.

점점 더 끔찍해지는군! 이제 필립은 자기가 카누를 골랐기 때문에 코니도 카누를 선택한 것이라고 믿을 것이다. 뭐, 그러라지. 상관없어. 코니는 볼펜을 놓고 고집스런 눈을 하고는 돌아섰다. 그러나 필립은 이미 사라지고 없었다.

안나가 갑자기 코니 옆에서 불쑥 나타났다.

"얼른 가자, 느림보야. 아니면 특별히 초대라도 해야 하니?"

"아니야."

코니가 웃었다.

"야간 하이킹도 신청해야 하는 거니?"

빌리가 아이들을 보며 물었다.

"전혀 모르겠는데."

코니가 말했다.

"야간 하이킹은 전부 같이 하는 거잖아."

어떤 빨강머리 여자 아이가 말했다.

"그러니까 목록이 없지."

"고마워."

코니와 빌리가 동시에 말했다. 둘은 마주 보고 씩 웃었다.

"응, 별거 아니야."

빨강머리 아이가 친절하게 미소를 지었다.

아이들은 캠프 안을 천천히 돌아다니며 이곳저곳을 둘러보았다. 여전히 주차장으로 들어오는 자동차들이 있었고 지각한 사람들이 차에서 내렸다. 머리 위에서 딱딱거리는 소리가 들려서 아이들은 위쪽을 쳐다보았다.

적갈색 다람쥐 한 마리가 나뭇가지에 매달려서 반짝이는 눈동자로 아이들을 바라보고 있었다.

"저거 봐. 정말 귀엽다! 다람쥐야."

빌리가 소리를 질렀다.

"여기는 다람쥐가 정말 많은 것 같애."

디나가 말했다.

"By the way, girls! It's a squirrel!"

코니가 웃었다. 다람쥐는 솜씨 좋게 이 나뭇가지에서 저 나뭇가지로 뛰어다니다가 마침내 빽빽한 나뭇잎 사이로 사라졌다.

안나가 이맛살을 찌푸렸다.

"뭐라고?"

"영어로 다람쥐를 squirrel이라고 한다고. 내가 찾아봤어."

코니가 대답했다.

디나가 코니를 툭 쳤다.

"야, 너. 린트만 선생님이 굉장히 자랑스러워하시겠다?"

"학교 생각나게 하지 마."

코니가 눈을 흘기며 말했다.

"약속하자. 여기 유카에서는 학교 이야기는 하지 말자. 오케이?"

코니가 손바닥을 펴서 내밀었다.

"약속할게!"

안나가 맞받아 손바닥을 쳤다. 디나도 안나를 따라 했다. 빌리는 망설이고 있었다.

"그 약속 지금 당장부터 지켜야 하니?"

"그걸 왜 물어?"

코니가 궁금해했다. 빌리는 광장 건너편에 있는 커다란 본부 텐트를 가리켰다.

"아주 잠깐 내가 저 뒤쪽에 우리 반 남자 아이가 서 있다고 말하고 싶어서 그래. 누구 말하는지 알지? 우리가 더 이상 그 이름을 말할 수 없는 남자 아이."

안나가 눈썹을 추켜올렸다.

"네 말은?"

안나가 빌리가 보고 있는 곳을 눈으로 쫓았다.

"정말이네!"

"그래서?"

코니가 뒤돌아보았다.

"걔도 여기 올 거라고 너희들도 알고 있었잖아?"

코니가 빌리의 손을 잡았다.

"학교, 선생님 그리고 같은 반 친구들에 대해서 이야기하지 않기로 한 약속, 지금 당장부터 지켜야 해!"

빌리는 마지막으로 필립을 한 번 보고 나서 코니의 손바닥을 탁 쳤다. 안나가 한숨을 쉬었다.

"하지만 가끔 걔를 바라보는 것은 괜찮겠지. 안 그래?"

"물론 그 정도는 괜찮지."

코니가 관대하게 말했다.

"하지만 제발이지 걔가 보일 때마다 그렇게 극적으로 한숨 쉬는 것 좀 그만 해라. 보기가 너무 고통스럽거든. 우리 이제 가야겠다. 숙소 배정이 곧 시작될 거 같아."

"숙소를 정하기 위해 너희들 이름을 먼저 컴퓨터에 입력해 두었다."

로렌츠가 말했다. 로렌츠와 다른 리더들은 본부 텐트 앞에 서 있었다. 캠프 참가자들은 삼삼오오 떼를 지어 풀밭 위에 앉아 주의 깊게 듣고 있었다.

코니와 친구들은 잘되기를 빌고 또 빌었다. 디나는 너무 긴장한 나머지 얼굴이 하얗게 질려 있었다. 디나는 두 눈을 꼭 감았다.

"다 끝나면 알려 줘. 응? 나는 못 견디겠어."

디나가 부탁했다. 요한나가 로렌츠 옆으로 다가갔다. 요한나는 한 손에 종이를 들고 있었다.

"내가 지금부터 텐트 번호와 배정받은 사람들의 이름을 불러 주겠다."

요한나가 발표를 시작했다.

"이름이 불린 사람은 일어서서 같은 텐트에 배정받은 사람들끼리 모여 주기 바란다. 그러면 리더가 너희들을 배정받은 텐트로 데려갈 것이다."

요한나는 잠시 멈추었다가 웃으면서 덧붙였다.

"그리고 남자 아이와 여자 아이는 따로 지낼 것이다. 오해하지 말기 바란다. 컴퓨터가 이미 그것은 고려했으니까."

몇몇 남자 아이들이 웃었다.

코니는 숨을 멈추었다. 이름들을 부르기 시작했다. 파울과 같은 반 아이들 두 명의 이름이 먼저 불렸다. 벌써 텐트 번호 1번이 끝났다.

"내가 그럴 줄 알았어."

안나의 이름이 2번 텐트에서 불릴 때 디나가 투덜거렸다.

"할 수 없지, 얘들아."

안나가 아무렇지도 않은 듯 어깨를 으쓱했다.

"나중에 보자."

안나는 몇몇 다른 여자 아이들과 함께 여자 리더 한 사람 쪽에 가서 섰다. 조금 뒤 빌리가 5번 텐트로 이름이 불렸다. 디나는 8번 텐트에 배정되었다.

"뭐, 어쩔 수 없지."

디나가 작은 목소리로 말했다.

코니는 혼자 남게 되었다. 이런, 젠장! 우리 각자가 다른 텐트를 쓰게 되었네. 코니는 주위를 둘러보았다. 남은 사람은 이제 얼마 되지 않았다. 조금 떨어진 곳에 야네테가 서 있었다. 아리아네와 자스키아는 이미 다른 텐트에 배정된 것 같았다.

오, 안 돼! 코니는 속으로 싹싹 빌었다. 야네테랑은 절대 같은 텐트를 쓰지 말게 해 주세요. 꿈속에서처럼 아득하게 누군가 코니 이름을 부르는 소리가 들렸다. 코니는 자리에서 일어섰다. 조금 있다가 야네테의 이름도 들렸다.

"이것, 대단하군! 내가 정말 운이 좋군. 저런 백여우랑 캠핑 주말을 보내야 한다니!"

코니가 투덜댔다. 코니는 다른 아이들 쪽으로 가서 섰다. 조금 전에 보았던 친절한 빨강머리 여자 아이도 거기에 있었다. 그 여자 아이가 코니에게 고개를 까닥하고는 말했다.

"나는 리아라고 해. 2C반이야. 너랑 같은 텐트에 있게 돼서 정말 다행이다."

"그래, 나도. 나는 코니라고 해."

코니가 씩 웃었다. 마음속에서 커다란 돌덩이 하나가 떨어져 나간 것 같았다. 리아는 아주 괜찮은 아이인 것 같았다. 어쩌면 리아랑 나란히 침낭을 놓을 수 있을지도 몰랐다.

"하필이면 너니?"

야네테가 코니를 향해 쏘아붙였다. 코니는 흠칫 놀랐다. 리더인 메를레가 자기를 따라오라고 소리를 질러 코니는 다행이라고 생각했다.

"너희들의 텐트 번호를 잘 기억하기 바란다. 13번 텐트야."

메를레가 말했다.

코니의 등 뒤에서 야네테가 툴툴거렸다.

"더 나빠질 수는 없겠군!"

리아가 뒤를 돌아보며 즐거운 목소리로 말했다.

"네가 왜 그러는지 나는 전혀 모르겠다. 13은 나의 최고 행운의 숫자인데."

코니가 낮은 소리로 킥킥댔다.

"먼저 너희들의 짐을 가져와."

메를레가 말했다.

"텐트 안에는 이미 얇은 매트리스가 깔려 있어. 너희들이 잘 곳은 너희들 스스로 정하기 바란다. 잠자리를 정리한 다음에는 호수에서 수영을 하든, 놀든, 책을 읽든, 그냥 쉬든, 너희들 좋을 대로 하면 된다."

"저녁은 언제 먹어요?"

여자 아이 하나가 물어보았다.

"여섯 시 반에 취사장에서. 소시지 구이와 막대빵(막대에 밀가루 반죽을 감아 구운 빵)이 나올 거야."

"흠, 나는 막대빵이 좋더라."

리아가 눈으로 웃음을 지으며 말했다.

"그리고 야간 하이킹은 언제 해요?"

"내일 저녁. 어두워지자마자 시작할 거야."

코니와 리아는 서로를 바라보았다.

"정말 재미있을 것 같은데."

코니가 말했다.

리아도 고개를 끄덕했다.

"분명 아주 멋질 거야."

텐트에 들어오자마자 두 아이는 침낭을 나란히 놓았다. 텐트는 상당히 넓었지만 코니는 야네테와 될 수 있으면 멀리 떨어지려고 애를 썼다. 하지만 야테네는 이미 반대쪽에 자리를 잡고 있었다. 코니는 만족스럽게 침낭을 펴고 그 속에 들어가 누워 보았다.

"아주 편안해! 이렇게 하면 정말 잠이 잘 올 것 같아."

갑자기 안나와 다른 아이들 생각이 났다.

"내 친구들이 어디에 있는지 한번 나가 봐야겠어."

코니가 리아에게 말했다. 리아가 고개를 끄덕였다.

"응, 그래. 잠자는 곳이 따로따로 있으니까 정말 안 좋다! 내 친한 친구도 다른 텐트에 있거든."

"정말 웃긴다."

코니가 말했다. 코니는 무릎을 꿇고 앉아 배낭을 매트 머리 쪽으로 밀어놓았다.

"그래도 우리가 이렇게 서로 알게 되었잖아. 이것도 좋은 점이 있지?"

"맞아! 그럼 이따 봐! 나도 내 친구랑 약속이 있거든."

코니는 몇 가지 짐을 더 정리하고 일기장을 맨 밑 양말 아래로 밀어넣었다. 아무도 모를 것이다. 대신 코니는 사진기를 끄집어냈다. 캠프에서는 분명히 좋은 사진 찍을 거리가 있을 것이었다. 예를 들어 호수 위의 카누, 귀여운 다람쥐. 볼 수 있을지는 모르겠지만.

코니가 텐트 밖으로 나오자 낮게 떠 있는 해 때문에 눈이 부셔서 누군가와 부딪치고 말았다.

"엇! 미안합니다."

코니가 말했다.

"괜찮아."

상대방이 대답했다. 보지 않고도 코니는 누구의 목소리인지 금세 알 수 있었다. 코니는 손으로 눈 위를 가렸다. 필립이 앞에 서서 친절한 미소를 짓고 있었다. 필립 옆에서 야닉도 미소를 지었다.

이렇게 길에서 자꾸 마주치는 게 흔한 일인가?

"안녕?"

코니가 아는 체를 했다.

"너희도 이 근처에서 자니?"

순간 이것이 바보 같은 질문이란 것을 코니는 깨달았다. 그러나 뭐라고 달리 표현할 것인가? 필립과 야닉도 그 질문이 이상하다고 생각지 않는 것 같았다. 두 사람은 고개를 끄덕였다. 필립이 말했다.

"응, 바로 옆 14번 텐트야."

"응, 잘됐네."

코니가 대답했다. 안 그러면 뭐라고 대답할 것인가? 코니는 스스로가 바보처럼 생각되었다. 다행히 이 순간 안나와 빌리, 디나가 눈에 띄었다.

"가 봐야겠다. 다음에 보자."

코니는 뒤로 돌아서다가 하마터면 텐트 줄에 걸려 넘어질 뻔했다.

필립이 코니를 붙잡아 주었다.

"조심해!"

필립이 작은 소리로 말했다. 잠깐 동안 두 사람의 눈빛이 만났다. 코니는 당황해서 필립의 손을 뿌리쳤다.

"정말 가야 해. 친구들이 기다리고 있어."

필립은 손을 내리고는 코니가 돌아서서 갈 때까지 서서 기다렸다. 그리고 나서야 야닉을 따라 호수 쪽으로 걸어갔다.

"방금 너 뭐 했어?"

안나가 코니를 맞으면서 물었다. 안나의 질문이 무슨 뜻인지 알기까지 코니에게는 몇 초 동안의 시간이 필요했다.

"무슨 말이야?"

코니가 어리둥절해하며 물었다.

"우린 너와 필립이 같이 있는 걸 봤거든."

빌리가 말했다.

"아!"

코니가 웃었다.

"우연히 길에서 만났어. 그게 뭐?"

안나는 코니 손에 들린 사진기를 가리켰다.

"방금 개 사진이라도 몇 장 찍었니? 너의 추억의 앨범을 위해서?"

안나가 물었다.

코니는 침착하게 있으려고 애를 썼다.

"아니. 안 찍었는데? 무슨 말을 하는지 도대체 모르겠다. 나는 너희들을 찾고 있었는데, 그러다 필립을 만난 거야. 믿지 못하겠다면 다시 갈 수도 있어."

코니는 뒤로 돌아서서 가려고 했다. 뭐야! 애들은 도대체 무슨 상상을 하는 거야?

"기다려, 코니!"

디나가 코니를 붙들었다.

"돌아와. 그런 뜻이 아니었어."

"그래?"

코니가 이맛살을 찌푸리며 물었다.

"그럼 무슨 뜻이었는데?"

"뭐, 어쨌든 그건 아니야."

디나가 애써 적절한 답을 찾았다.

"우리는 그저 조금 이상하게 생각했을 뿐이야. 네가……."

"내가 필립하고 이야기를 하고 있어서?"

코니가 문장을 완성해 주었다.

"응."

디나가 인정했다.

"안나는 그게 신경 쓰였나 봐. 너도 알잖아, 걔가 어떤 상태지."

디나가 머뭇거리며 말했다.

"내 생각에는 안나가 필립에게 반한 것 같아. 아마 질투하는가 봐."

코니는 디나의 뒤쪽을 바라보았다. 안나와 빌리가 나란히 서서 다른 쪽을 고집스레 쳐다보고 있었다.

"그건 내 문제가 아니지."

코니는 디나를 내버려 두고 돌아섰다.

"이제 나는 호수 쪽으로 내려가 사진이나 몇 장 찍을 거야. 너도 생각 있으면 같이 가든지."

디나는 어쩔 줄 모르고 서 있었다. 디나는 코니 쪽을 봤다, 안나와 빌리 쪽을 봤다 했다. 마침내 디나는 뒤로 돌아서 안나와 빌리에게 돌아갔다.

잘됐네! 코니는 입술을 꼭 깨물고는 호수 쪽으로 내려가는 길로 접어들었다. 코니는 뒤도 돌아보지 않고 점점 더 빨리 앞으로 나아갔다. 세상의 끝에라도 가고 싶었다.

코니는 싸우는 것이 싫었다. 안나는 어쨌든 자기의 가장 친한 친구다. 그런데 하필 지금! 코니는 머리를 흔들었다.

"멍청이!"

코니는 작은 소리로 욕을 하면서 돌멩이를 걷어찼다. 마구 소리라도 지르고 싶었다.

호숫가에 도착했을 때 코니는 넘어져 있는 나무 위 아주 조용한 자리를 찾았다.

더 이상 사진을 찍고 싶은 생각은 없어졌다. 그곳에서 호수 위를 바라보는 광경은 뭐라 말할 수 없게 아름다웠지만 어쨌든 지금은 생각을 좀 해야 했다.

안나에 대해서, 그리고 안나가 지금도 자기 친구인지에 대해서.

질투라고? 그런 바보 같은! 가끔 자기가 필립과 이야기한다고 해서? 코니는 햇빛 때문에 눈을 깜박거리며 가슴을 진정시키려고 애썼다. 다른 생각을 해 보기 위해서라도 코니는 사진을 찍는 것이 낫겠다고 생각했다.

수영장에서 몇몇 남자 아이들과 여자 아이들이 공놀이를 하고 있었다. 필립과 야닉도 그 틈에 끼어 있었다. 아이들 웃음소리가 들렸다. 코니는 파인더로 필립을 찾았다. 필립은 뒤쪽으로 다이빙을 하면서 공을 쫓고 있었다. 코니는 얼른 사진기 셔터를 눌렀다.

저녁 늦게 코니는 배낭에서 일기장을 꺼냈다. 코니는 침낭 위에 편안하게 자리를 만들었다. 손전등 불빛 아래에서 코니는 일기를 썼다.

캠프는 정말 멋지다! 우리는 모닥불에 막대빵을 구워 먹었다. 안나의 막대에 불이 붙어서 빵이 새카맣게 타 버렸다. 뭐, 언젠가는 일어날 일이었다. 나는 리아와 리아의 친구 지나와 함께 밥을 먹었다. 안나가 사랑을 그만두고 나서야 안나와 다시 이야기할 수 있을 것 같다.

코니는 일기 쓰기를 멈추었다. 밖의 모닥불 가에서 누군가 나지막하게 기타 연주를 했다. 아마 리더 가운데 하나일 것이다. 리더들은 번갈아 가며 불침번을 선다고 메를레가 말해 주었다.

코니는 하품을 했다. 갑자기 피곤이 몰려왔다. 코니는 일기장을 배낭 안으로 밀어넣고 침낭의 지퍼를 올렸다.

코니 옆에서는 리아가 벌써 뭐라고 웅얼거리면서 고르고 깊은 숨을 쉬고 있었다. 텐트 안의 다른 아이들은 책을 읽거나 작은 소리로 이야기를 하고 있었다. 야네테는 컴컴한 데서 손톱을 칠하고 있었다.

코니는 다시 한 번 하품을 했다.

"잘 자!"

코니는 작은 목소리로 스스로에게 인사를 했다. 코니는 모로 돌아누웠다. 눈을 감자마자 코니도 금세 잠이 들었다.

해가 뜨자마자 — 적어도 코니에게는 그렇게 생각되었다 - 아침 식사였다. 식당 텐트 안에는 빵이 놓여 있는 긴 식탁이 있었다. 그리고 치즈와 소시지, 잼, 요구르트, 과일, 여러 가지 주스와 코코아도 있었다. 너무 이른 시각이라 코니는 그리 배가 고프지 않았다. 코니는 졸면서 빵을 뜯어먹으며 코코아를 홀짝거렸다. 기다란 식탁을 둘러보았더니 안나와 빌리, 디나가 함께 아침을 먹고 있는 것이 눈에 띄었다. 세 사람은 코니가 조금도 아쉽지 않아 보였다. 정반대였다. 애들은 킥킥대면서 아주 열심히 재잘대고 있었다. 코니는 조금 마음이 상해 눈길을 돌려 버렸다.

"안녕, 코니!"

파울이 코니를 보고 미소지었다. 파울의 접시 위에는 두툼하게 속을 채운 빵 몇 개와 사과, 바나나 그리고 요구르트가 놓여 있었다.

"안녕, 파울! 그걸 전부 너 혼자 먹을 거니?"

코니가 산처럼 쌓여 있는 접시를 가리켰다.

"물론!"

파울이 고개를 끄덕했다.

"캠프에 있으니 배가 고프네."

파울은 어쩔 줄을 모르고 엉거주춤 서 있었다. 코니 눈에 마르크와 다른 남자 아이들이 파울을 기다리고 있는 것이 보였다.

"그럼, 많이 먹어. 나중에 봐."

코니는 산처럼 쌓인 아침 식사가 무너질까 봐 조심스럽게 파울의 어깨를 두드렸다.

"그래, 그러자. 이따 봐."

파울이 말했다.

코니는 잠시 먹던 것을 멈추었다. 혼자서 아침을 먹는 건 어쩐지 멍청한 짓처럼 생각되었다.

코니는 서둘러서 식당 텐트 바로 뒤에 있는 선착장을 향해 달렸다. 10분 후에 코스가 시작된다. 코니는 늦고 싶지 않았다.

리더 두 명이 벌써 보트들을 준비하고 있었다. 리더들은 코니를 보고 친절하게 미소를 지었다.

코니는 판자다리 위에 앉아서 발을 물속으로 늘어뜨렸다. 코니는 리아와 함께 카누 코스를 하게 된 것이 기뻤다. 이 그룹에서 적어도 누군가는 벌써 알고 있는 셈이다. 더군다나 안나와 빌리, 디나와 조금 서먹해진 바로 지금은.

다른 친구들도 하나둘 나타나기 시작했다. 리아는 곧바로 코니 옆에 앉았다.

"우리 같은 카누에 탈까? 다 두 사람이 타는 카누더라고."

리아가 물었다.

"아, 좋지!"

코니는 카누는 언제나 둘이 탄다는 것은 전혀 몰랐다. 이제 보니까 리더 한 사람이 카누 하나하나에 노를 두 개씩 놓는 것이 보였다. 다른 리더는 구명조끼를 나누어 주었다.

"이걸 꼭 입어야 하나요? 여기 있는 아이들은 모두 수영을 할 줄 알 텐데요."

코니가 물었다.

이름표에 라르스라고 적힌 리더가 대답했다.

"구명조끼 착용은 의무야. 배가 뒤집히고 네가 의식을 잃었다고 가정해 봐."

"흠, 맞아요."

코니가 생각에 잠긴 표정으로 고개를 끄덕였다. 물속에서 의식을 잃으면 아무리 수영 솜씨가 좋아도 아무 소용이 없을 것이다.

라르스는 코니가 구명조끼를 입는 것을 도와주었다.

"자, 이제 출발해도 되겠다."

라르스가 말했다.

"항상 둘이 타는 거다, 오케이? 조심해서 타라."

라르스가 상대방이 올라탈 수 있도록 어떻게 카누를 잡아야 하는지, 그리고 그 뒤에 스스로는 어떻게 올라타는지를 보여 주었다.

"카누가 흔들리지 않게 해. 그럼 아무 일도 없을 거야."

리아가 먼저 카누에 올라탔다. 코니는 판자다리에 무릎을 꿇고 앉아 카누를 꼭 붙잡았다. 리아가 노 젓는 자리에 앉자 코니는 훌쩍 뛰어서 카누에 올라타려 했다. 하지만 그것이 그리 쉬운 일이 아니었다. 카누를 붙잡아 주는 사람이 없으니까 당연한 일이었다. 카누는 금세 판자다리에서 멀어져 갔다. 그러나 리아가 재빨리 코니에게 노를 내미는 데 성공했다. 코니는 노를 꼭 붙잡고 발 한짝을 카누에 올려놓았다. 그러나 다른 한 발은 여전히 판자다리에 있었다. 코니는 다리를 쫙 벌리는 묘기를 선보여야 했다. 코니는 카누와 판자다리 사이에 떠 있었다. 아래는 물이었다.

사람 살려! 그런데 어느 새 라르스가 와 있었다. 라르스는 카누의 가장자리를 잡고 판자다리 쪽으로 끌어당겼다. 코니는 겨우 중심을 잡고 카누 안으로 기어 들어갔다. 휴, 해냈다!

"고맙습니다."

코니가 라르스에게 말했다. 라르스는 고개만 까딱하고는 카누를 밀어 주었다. 카누는 불안하게 흔들렸다. 코니는 카누 가장자리를 꼭 붙들었다. 코니는 물론 카누가 이렇게 폭이 좁을 줄 몰랐다.

"노를 잡아!"

라르스가 조용히 말했다.

"그리고 카누가 균형을 유지하도록 해. 노 하나는 왼쪽에 다른 하나는 오른쪽에. 아주 규칙적으로, 서둘지만 않으면 돼."

말이 쉽지! 코니는 뒷자리에 앉았다. 리아의 등이 코앞에 있었다. 리아가 뒤를 돌아보았다.

"준비 됐니?"

코니가 고개를 끄덕했다.

"응, 출발해도 돼. 네가 왼쪽, 나는 오른쪽, 오케이?"

코니가 노를 물에 담그자 카누가 금세 흔들리기 시작했다.

"우린 동시에 노를 저어야 해."

코니가 리아를 향해 소리쳤다.

"번갈아 젓지 말고."

아침 해가 호수 위에서 불타고 있었다. 두툼한 구명조끼가 성가셨다. 코니는 이마에 흐르는 땀을 닦고 싶었지만 한 손만으로 노를 쥘 엄두는 나지 않았다. 아주 잠깐 코니는 왜 자기가 진작에 도자기 굽기나 카펫 짜기 같은 것을 고르지 않았을까 하고 후회를 했다. 그쪽이 통나무배에 앉아서 호수 위에서 흔들리고 있는 것보다 훨씬 더 편안했을 것이다.

그러나 얼마 지나지 않아 코니와 리아는 리듬을 제대로 찾아 갔다. 카누가 미끄러져 나가기 시작했다. 앞뒤로도 옆으로도 흔들리지 않았다. 코니는 점점 재미가 붙었다.

"그래, 바로 그거야!"

라르스가 코니와 리아에게 소리를 질렀다. 라르스는 작은 모터보트에 앉아서 카누들 주위를 빙빙 돌고 있었다.

"아주 천천히 규칙적으로 노를 담갔다 당기고, 담갔다 당기고……."

코니가 중얼거렸다.

"담갔다 당기고."

"앞으로 잘 나간다."

리아가 신이 나서 소리쳤다.

"점점 더 빨라지고 있어!"

리아 말이 맞았다. 카누는 매우 규칙적으로 번쩍거리는 파도를 갈랐다.

"너무 멋져!"

코니가 소리쳤다. 호수 위를 그렇게 미끄러져 가는 기분은 정말 뭐라고 말로 표현하기 어려웠다. 아무 소리도 없이 단지 노를 물에 담글 때 나는 쿨럭거리는 소리만 들렸다. 코니는 고개를 들었다. 왜가리 한 마리가 날고 있었다. 왜가리는 호기심 어린 모습으로 카누들을 바라보면서 호수 위를 부는 약한 바람을 타고 있었다.

"야, 저기 야닉하고 필립이다!"

리아가 갑자기 소리를 질렀다.

"우후!"

코니는 리아가 한 손을 들고 마구 흔드는 것을 보고 깜짝 놀랐다. 카누가 심하게 기울어졌다. 코니는 한쪽으로 넘어졌다. 하마터면 노를 놓칠 뻔했지만, 다시 붙잡을 수 있었다. 그러자 다른 카누 한 척이 코니의 카누 옆으로 매우 빠른 속도로 다가왔다. 파도가 높이 일었다.

"야닉이라고, 우리 오빠야."

리아가 어깨 너머로 말했다. 카누가 흔들리고 있는데도 리아는 아무렇지도 않은 듯했다. 리아는 다시 손을 흔들면서 소리를 질렀다.

"우후!"

"야닉이 너희 오빠라고?"

리아가 고개를 끄떡였다.

"응. 너, 야닉을 아니? 우리는 쌍둥이야."

코니가 눈을 크게 떴다.

"그런데 너희 둘은 전혀 안 닮았는데."

"이란성이니까 그렇지."

리아가 웃으면서 설명해 주었다.

"남자와 여자 쌍둥이는 일란성일 수가 없어. 그래서 서로 닮지도 않아."

"아, 그렇구나."

코니가 중얼거렸다. 리아가 더 이상 노를 저을 생각이 없는 듯해서 코니도 노를 카누 안에 놓고 그냥 앉아 있었다. 카누 한 척이 다가오는 것이 보였다. 야닉과 필립이 그 카누 안에 앉아 있었다. 두 사람은 노를 아주 잘 저었다. 코니를 향해 휙휙 다가오는 모습을 보니 아주 우아하고 멋지게 보였다.

잠깐, 카누에는 브레이크가 없잖아! 코니는 깜짝 놀랐다. 코니는 배를 꼭 붙잡고는 두 카누가 쾅 하고 부딪치기를 기다렸다. 그러나 그때 야닉과 필립은 코니의 카누 옆을 휙 하고 지나쳐 갔다.

"야, 너희 둘!"

야닉이 소리를 쳤다.

"재미있니?"

코니 쪽을 바라보는 필립의 갈색 눈동자가 반짝 빛이 났다.

"응, 정말 재미있어!"

리아가 소리를 질러 대답했다.

코니는 아무 말도 하지 않았다. 코니는 아주 가만히 앉아 카누가 완전히 지나갈 때를 기다렸다.

"필립이 너희 반이지?"

리아가 노를 들어 올려 무릎 위에 올려놓았다.

"응, 맞아. 필립도 아니?"

코니가 호기심 어린 얼굴로 물어보았다.

"당연하지. 야닉이랑 가장 친한데. 그리고 야닉의 과외 선생이기도 하고."

리아가 해를 향해 고개를 들었다.

"필립이 돌보아 준 이후로 야닉이 훨씬 좋아졌어."

카누가 가벼운 물결에 부드럽게 흔들렸다.

"아빠들도 함께 일해."

리아가 이야기를 계속했다.

"두 분은 대학교 때부터 서로 알고 지냈대."

"필립의 아빠는 아프리카에서 일했다던데."

코니가 궁금해했다.

"그랬지."

리아가 대답했다.

"그런데 돌아오고 나서는 우리 아빠 사무소에서 함께 일하게 되었어."

"아, 그래."

코니는 조금 머뭇거리다가 물었다.

"필립 있잖아? 너는 걔에 대해 어떻게 생각해?"

"아주 최고지!"

리아가 열광적으로 말했다.

"필립은 우리 오빠나 다름없어. 아주 괜찮은 오빠지."

리아는 의미심장한 눈빛으로 코니를 바라보았다.

"하지만 필립이 겪은 일을 생각하면 정말 가슴이 아파."

"왜? 무슨 일인데?"

코니가 리아의 눈을 빤히 쳐다보았다.

리아는 잠깐 고개를 한쪽으로 돌렸다가 결국은 입을 열었다.

"필립이 조금 거만하게 보인다는 것은 나도 알아. 처음엔 나도 재수 없다고 생각했어. 그런데 있지? 그것은 단지 가면에 불과해. 개에 대해서 더 많이 알게 되면 너도 느끼게 될 거야."

"그런데 무엇 때문에 가면이 필요해?"

코니가 끈질기게 물었다.

"그리고 그게 무슨 말이야? 개가 겪은 일이라니?"

"필립 아빠하고 엄마하고 이혼했거든."

조금 있다가 리아가 말했다.

"작년이었어. 개 아빠는 사무소 일과 여기 사는 할아버지, 할머니 때문에 독일로 돌아오고 싶어 했어. 그런데 필립 엄마는 무슨 일이 있어도 아프리카에 남아 있으려 했어. 어쩔 줄 몰랐을 거야. 다툼과 스트레스만 남았던 거지."

리아는 한 손을 물에 담그고 손가락 사이로 물이 흐르게 했다.

"필립으로서는 정말 힘들었을 거야. 정말 싫었겠지! 그때부터 필립은 학교를 빼먹거나 숙제를 해 가지 않거나 필기도 거부하기 시작했어. 그리고 설령 학교에 왔다고 해도 선생님이 개를 밖으로 쫓아낼 때까지 수업을 방해했어. 그러니 학교에서 개를 쫓아낸 것은 당연하지. 안 그래?"

코니가 고개를 끄덕였다.

"그것이 이유였구나."

코니가 중얼거렸다.

리아는 뭔가 궁금하다는 듯이 눈썹을 추켜올렸다.

"그게 무슨 말이야?"

"그동안 내내 궁금했어. 필립이 왜 유급을 했는지. 앞뒤가 전혀 안 맞았거든."

리아가 고개를 끄떡였다.

"이제 알게 되었구나."

두 아이는 아무 말 없이 판자다리 쪽으로 노를 저어 갔다. 라르스가 점심 휴식 시간이라고 알려 주었다.

코니는 오전이 금세 지나간 것을 알고는 조금 놀랐다. 코니가 카누를 판자다리에 묶고 나서 리아에게 말했다.

"고마워. 내게 이야기해 줘서."

"별 말씀을!"

리아가 말했다.

"너는 믿을 수 있는 사람인 것 같아. 그래도 너만 알고 있어야 한다. 응?"

"물론이지. 약속할게."

코니가 다짐했다. 리아가 아주 진지한 표정을 지었다.

"내 생각에 필립이 너를 좋아하는 것 같아."

리아가 목소리를 깔고 진지하게 말했다.

"그러니까 필립 실망시키지 마."

코니는 대답하기 전에 침을 꿀딱 삼켰다.

"응, 그러지 않을게. 절대로."

"그럼 됐어."

리아가 코니의 팔짱을 끼었다.

"우리 이제 뭐 좀 먹자. 배가 무지하게 고프다."

✳ ✳ ✳

점심을 먹은 다음에도 리아가 이름 붙인 '노젓기 클럽' 활동이 계속되었다.

라르스는 빨리 젓기와 장애물 피하기 경주를 열었다. 두 경주 모두에서 야닉과 필립이 우승을 했다.

코니와 리아에게는 기회가 없었다. 한참이나 뒤떨어진 성적으로 꼴찌를 차지했다. 그러나 재미있었다고 생각한 코니는 리아와 하이파이브를 했다.

"정말 최고였어!"

코니는 카누에서 내린 다음, 판자다리에 카누를 묶었다. 이상하게 한 걸음 걸을 때마다 판자다리가 흔들리는 듯한 느낌을 받았다. 그러나 그것은 있을 수 없는 일이었다.

"처음 배를 타고 난 다음에는 그럴 수 있어."

코니의 어리둥절한 표정을 본 라르스가 웃으며 말했다.

"오늘 밤 네가 침낭 속에 들어가 누우면 바닥이 흔들리는 느낌을 받게 될 거야. 그래도 걱정하지 마. 그건 아주 정상이니까."

라르스가 덧붙였다.

"그럼 다시 괜찮아지나요?"

코니는 어지러워서 기둥을 꼭 붙들었다. 판자다리가 갈수록 심하게 흔들리는 것 같았기 때문이다.

야닉과 필립은 코니 앞에서 물에서 나와 홀딱 젖은 채로 수영을 해서 끌고 온 카누를 줄로 묶었다.

"응, 물론."

필립이 말했다. 필립은 마치 강아지처럼 몸을 떨었다. 코니에게 물이 몇 방울 튀었다.

"잠깐 동안만 그래."

필립은 무슨 검사라도 하듯 찬찬히 코니를 살펴보았다.

"너 코가 햇빛에 탔구나. 빨간색이 아주 잘 어울리는데!"

필립은 야닉이 노를 물으로 당기는 것을 도와주었다.

사람 살려! 코니는 깜짝 놀랐다. 처음에는 판자다리가 흔들리더니 얼굴까지 타다니.

아무 말도 못하고 코니는 뒤로 돌아서서 판자다리 아래로 내려갔다. 딱딱한 땅을 밟고 나서야 코니는 안도의 한숨을 쉬었다.

리아가 코니를 기다리고 있었다.

"오늘 밤 야간 하이킹에 누구랑 갈 거니?"

리아가 물었다. 코니는 대답을 못했다. 이런, 그 생각은 전혀 하지 못했다.

원래는 내 가장 친했던 친구들이랑, 하고 대답하려 했다. 그러나 코니는 고개를 저었다.

"몰라."

코니가 말했다.

"너는?"

"나는 지나와 야닉 그리고 필립하고 약속해 두었어. 괜찮으면 너도 같이 가자."

"좋아. 말해 줘서 고마워."

코니는 자기 코를 가리켰다.

"우선 선크림부터 발라야겠어. 그런 다음 출발하기 전에 가서 조금 누워 있을래."

라르스가 지나가면서 말했다.

"야간 하이킹 갈 때는 튼튼한 운동화를 신어라. 그리고 손전등 잊지 말고."

라르스는 코니와 리아에게 살짝 윙크를 했다.

"숲에 가거든 마법의 물건들을 잘 찾아보고!"

"마법의 물건들이요?"

코니가 물었다.

"요술 지팡이, 수정 구슬, 마녀의 빗자루 등등."

라르스가 대답했다.

"그 물건들을 숲 속 여기저기에 숨겨 두었어. 찾는 사람에게는 상을 줄 거야. 밤 열 시에 출발한다. 모임 장소는 입구고. 그럼 그때 보자."

"음, 마법의 물건들이라!"

리아가 눈을 가늘게 뜨며 말했다.

"재미있을 것 같은데, 안 그러니?"

"그렇겠다. 그런데 그렇게 넓은 숲 속에서 어떻게 그런 것들을 찾지? 게다가 아주 캄캄할 텐데."

아이들은 캠프를 가로질러 자기들의 텐트로 돌아갔다. 조금 떨어진 곳에 안나와 빌리, 디나가 서 있었다. 아주 잠깐 동안 코니는 친구들에게로 가서 화해하자고 할까 망설였다.

아니야. 절대 그럴 수는 없지. 자기네들이 먼저 시작했잖아.

그래도 셋이 그렇게 함께 있는 것을 보니 코니는 마음이 아팠다. 예전 같았으면 그 아이들과 즐겁게 어울렸을 것이다. 솔직히 말하자면 지금도 그러고 싶었다. 코니는 저녁 식사 시간에 그 아이들 가까이에서 밥을 먹을까, 하고 생각했다. 혹시 걔들과 다시 화해할 수 있을지도 몰랐다. 그러면 걔들과 함께 야간 하이킹을 갈 수도 있을 것이다.

그래, 코니는 결심했다. 그렇게 하자! 애당초 모든 것이 멍청한 오해에서 비롯된 것 아닌가! 게다가 지는 사람이 더 현명한 사람이다. 코니는 씩 웃었다.

텐트 앞에서 코니와 리아는 헤어졌다. 리아가 자기 친구를 만나기로 한 것이다. 저녁 식사 시간까지는 앞으로 시간이 많이 남아 있었다. 코니는 하품을 했다. 침낭이 코니를 보고 달콤한 미소를 지었다. 그리고 코니는 정말 정말로 피곤했다.

"먼저 샤워부터 하고."

코니는 중얼거리며 세면도구를 챙겼다.

"그리고 나서 조금만 자자."

코니가 잠에서 깨었을 때, 처음에는 자기가 어디에 있는지조차 몰랐다. 주변은 온통 조용했고 어두웠다. 이상했다.

코니는 하품을 하면서 시계를 찾다가 깜짝 놀라 자리에서 벌떡 일어났다. 열 시 십오 분! 저녁 식사 시간에만 늦은 게 아니라 야간 하이킹에도 늦어 버린 것이었다.

"젠장!"

코니는 투덜거리면서 후다닥 침낭에서 빠져나왔다. 서두르면 아직 아이들을 따라잡을 수 있을 것이다. 코니는 배낭 깊숙한 곳에서 손전등을 끄집어내서 켜 보았다. 불빛이 벌써 약해져 있었고 새 건전지는 안나가 가지고 있었다. 꼴 좋군!

코니가 운동화를 서둘러 발에 꿰려는데 쪽지가 한 장 눈에 띄었다.

"안녕, 코니! 네가 너무나 곤하게 자고 있어서 깨우지 못한다. 괜찮으면 열 시에 만남의 장소에서 보자. 그럼, 리아."

"젠장, 젠장! 두 배로 젠장!"

코니는 한 발로 텐트 안을 껑충껑충 뛰어다니며 신발 한 짝을 신으면서 동시에 바지 옆 주머니에 손전등을 찔러 넣었다. 거의 넘어질 뻔했지만 어쨌든 신발을 다 신고 텐트 밖으로 뛰어나갔다.

코니 앞에 캠프가 죽어 있는 것처럼 놓여 있었다. 목소리 하나, 웃음소리 하나 들리지 않았다. 아무 소리도 들리지 않았다. 코니는 자기가 이 세상에 마지막으로 남은 사람처럼 느껴졌다. 코니는 입구로 가는 길을 따라 천천히 걸어갔다. 으스스했다.

통나무집 옆을 지나가는데 나지막이 음악 소리가 들렸다. 불침번이었다! 코니는 안도의 한숨을 쉬었다. 자기 혼자 남은 것은 아니었다. 코니는 힘차게 문을 두드렸다.

로렌츠가 고개를 내밀었다.

"코니! 일행을 놓쳤니? 서둘러서 가라. 숲길을 따라 쭉 가면 다른 애들을 따라잡을 수 있을 거야. 손전등은 가지고 있니?"

"예, 가지고 있어요."

코니가 고개를 끄덕였다.

"숲길만 따라서 가라고요? 알았어요. 할 수 있어요. 고맙습니다."

코니는 리더에게 손을 흔들고는 달려 나갔다.

입구 주위에는 가로등이 길을 비추어 주고 있었다. 그러나 얼마 가지 않아 가로등 불빛은 힘을 잃었다. 코니는 숲속으로 꺾어 들어갔다. 갑자기 어둠이 앞을 가로막았다.

두근거리는 가슴으로 코니는 손전등을 꺼냈다. 여분의 건전지가 없다는 것이 걱정이 되었다. 힘없는 불빛은 동그랗게 겨우 코니의 운동화 끝만 비출 뿐이었다. 이것으로 어떻게 캄캄한 숲속에서 제대로 길을 찾는단 말인가.

"정신 차려!"

코니는 스스로에게 용기를 불어넣었다.

"서두르면, 그리고 길만 잃지 않으면 아무 일도 없을 거야."

커다란 새 한 마리가 소리 없이 코니의 머리 위를 날아갔다. 코니는 깜짝 놀랐다. 아이쿠! 침낭 속에 그냥 있을 걸 그랬나?

길은 울퉁불퉁하고 여기저기 나무뿌리가 튀어 나와 있었다. 달리는 것은 생각만 해도 힘들었다. 코니는 조금 빠른 속도로 걸었다. 손전등 불빛이 흔들리며 점점 더 희미해져 갔다. 코니는 신경 쓰지 않으려 애썼다.

"저기요! 누구 없어요?"

코니는 어둠을 향해 소리쳤다.

코니는 가만히 서서 귀를 기울여 보았다. 그러나 자기 심장이 뛰는 소리 말고는 아무 소리도 들리지 않았다. 가끔씩 나뭇가지가 부러지거나 스치는 소리, 크고 작은 야생 동물이 뭔가를 갉아 먹는 소리와 크르릉거리는 소리만 들렸다.

코니는 이곳에 늑대가 없었으면 하고 바랐다. 곰도! 등에 닭살이 돋는 것이 느껴졌다. 코니는 얼른 뒤를 돌아보았다. 그러나 뒤에는 깊은 어둠만 있을 뿐이었다. 앞에도 옆에도 주위는 온통 어둠뿐이었다.

코니는 억지로 앞으로 나아갔다. 먼저 간 사람들과의 거리는 그리 멀리 떨어지지 않았을 것이었다. 적어도 다음 길이 꺾이는 곳에서는 다른 사람들의 불빛이 보일 것이다. 그럼 코니는 따라가기만 하면 되는 완벽한 지향점이 생기는 것이었다.

그러나 다음 굽은 길을 꺾어 들어서도 아무것도 보이지 않았다. 그리고 그 다음에도…….

코니는 그러는 동안 아주 깊은 숲 속에 오게 되었다. 그래서 자기가 어디에 있는지조차 알 수 없게 되었다. 코니는 절망스럽게 손전등을 흔들었다. 불빛이 점점 약해지다가는 마침내 꺼져 버리고 말았다.

코니는 떨리는 손으로 손전등의 스위치를 껐다 켰다 해 보았다. 건전지를 뺐다가 다시 넣어 보기도 했다. 그러나 손전등은 더 이상 켜지지 않았다.

"저기요? 누구 없어요?"

코니가 소리를 질렀다. 목소리에 힘이 없었다.

아무 소리도 나지 않았다. 바람 소리만 들렸다. 점점 추워졌다. 반바지와 티셔츠만 입고 달려오는 대신 스웨터라도 가져왔다면.

바닥 쪽에서 뭔가 딱딱거리는 소리가 났다. 팔에 난 털이 하나씩 일어서는 것이 느껴졌다. 코니는 숨을 멈추었다. 고슴도치일 거야. 코니는 스스로를 타일렀다. 아주 귀엽고 작은 고슴도치.

코니는 딱딱거리는 소리가 멈출 때까지 기다렸다. 그러고 나서 다시 조심조심 한 발 한 발 앞으로 내딛었다. 나뭇가지와 뿌리 때문에 계속해서 비틀거리기는 했지만, 계속 가는 것이 그 자리에 서 있는 것보다는 나았다. 언젠가는 이놈의 숲도 분명히 끝이 날 거야. 길이나 도로가 나오면 캠프로 돌아가는 길도 찾을 수 있어.

코니는 얼마나 오랫동안 어둠 속을 헤맸는지 몰랐다. 코니는 시간 감각을 완전히 잃고 말았다. 낮게 드리운 나뭇가지 하나가 코니의 얼굴을 아프게 때렸다. 코니는 소리를 질렀다.

"아야, 이런!"

코니가 씩씩거리며 손으로 얼굴을 만졌다.

"나, 집에 갈래!"

한 걸음 한 걸음 코니는 더듬거리며 앞으로 나아갔다. 갑자기 빽빽한 나뭇잎들 사이로 희미한 달빛이 나와 길을 비추어 주었다. 주위에서 있는 나무들은 유령처럼 보였다. 거칠거칠한 나무껍질을 뚫고 유령의 얼굴들이 튀어나왔다. 유령들이 뼈밖에 남지 않은 팔을 코니에게 내밀었다.

코니는 두 눈을 꼭 감고 마구 소리 지르고 싶은 것을 꾹 참았다. 코니가 한 발을 옆으로 내밀었을 때 갑자기 발밑이 푹 꺼지고 말았다. 코니는 완전히 거꾸로 길가에 있는 도랑에 빠지고 말았다.

코니의 등 밑에는 오래 되어 썩은 나뭇잎과 축축한 이끼로 이루어진 진흙탕이 있었고, 머리 위에는 유령 같은 나무들이 서 있었다. 나무들 사이로 별 몇 개와 얇은 구름 뒤에 숨은 초승달이 빛나고 있었다.

코니는 힘들게 숨을 쉬며 누워 있었다. 왼쪽 허벅지가 몹시 아팠다. 어딘가에 심하게 부딪힌 것 같았다. 코니는 천천히 팔과 다리를 움직여 보았다. 그나마 부드러운 숲 바닥이 충돌을 완화시켜 준 것 같았다.

코니는 조심스럽게 일어나 앉았다. 실제로 다친 데는 없는 것 같았다. 왼쪽 허벅지와 떨어지면서 무엇이든 잡으려 하다가 살이 벗겨진 것 같은 왼쪽 손바닥 말고는. 코니는 혀로 손바닥을 핥아 보았다. 피 맛이 났다. 그리고 진흙, 우웩!

코니는 침을 뱉었다. 하지만 적어도 부러진 데는 없었다. 무언가 따뜻한 것이 다리를 타고 내려가 천천히 운동화를 적셨다. 틀림없이 피였다. 잘 보이지 않는 것이 다행이라고 생각되었다.

코니는 상처를 감쌀 만한 휴지가 있나 보려고 주머니를 뒤졌다. 그러나 먹다 남은 막대 과자 말고는 아무것도 없었다. 쓸모없는 손전등도 없었다. 아마 떨어지면서 어디론가 날아가 버린 듯했다. 코니는 막대 과자의 포장지를 벗겨 낸 다음 크게 한 입 베어 물었다. 적어도 굶어 죽지는 않을 것 같았다. 그리고 뭔가를 씹을 때는 생각이 더 잘 되는 법이다.

막대 과자를 마지막 한 입까지 금세 다 먹었지만, 어떻게 하면 이 진흙탕 속에서 벗어날 수 있을까 하는 좋은 생각은 떠오르지 않았다. 코니는 하릴없이 도랑 바닥에 쪼그리고 앉아 막대 과자 봉지를 손가락에 감았다.

"상황이 심각하지만, 희망이 없는 것은 아니야."

코니는 이를 꽉 물었다. 봉지를 주머니에 찔러 넣고는 힘겹게 몸을 일으켰다.

코니가 일어서자 허벅지가 덜덜 떨리고 손바닥은 불에 타는 듯이 아팠다. 코니는 이를 악물었다.

"어떻게든 이 더러운 도랑에서 빠져나가야 할 텐데."

코니가 중얼거렸다.

그러나 어떻게?

그 사이에 달은 구름 뒤로 완전히 숨어 버렸다. 부엉이 소리가 들렸다. 숲속에서 부스럭거리는 소리도 들렸다. 그러나 코니는 그런 것에 신경 쓸 시간이 없었다. 숲길을 다시 찾을 가능성을 찾아야 했다.

코니는 천천히 도랑을 따라 걸으며 기어 올라갈 만한 곳이 없는지 손으로 더듬어 보았다.

갑자기 나지막하게 누군가를 부르는 소리가 들렸다. 아주 멀리서 들려왔기 때문에 숲이 삼켜 버리는 듯했다. 그러나 누군가를 부르는 소리임에는 틀림이 없었다.

"여보세요!"

코니는 있는 힘껏 소리를 질렀다.

"여기요! 나 여기 있어요!"

코니는 숨을 가쁘게 쉬면서 앞으로 비틀거리며 걸어 나갔다. 발이 진흙탕 속에 푹푹 빠졌다. 손으로는 제방에 있는 부드러운 곳을 힘껏 붙잡았다.

"도와주세요!"

"코니?"

누군가 소리쳤다.

"코니, 어디 있니?"

코니의 심장이 더욱 빨리 뛰었다. 누군가 있어! 그리고 이 목소리는 자기 이름을 부르고 있어.

"이쪽이에요!"

코니는 다시 한 번 소리를 질렀다.

"길가 도랑이에요!"

코니는 멈추어 서서 귀를 기울였다. 잘못 들은 것일까? 아니면 실제로 발걸음 소리를 들은 것일까?

바스락거리는 소리가 들리고 나뭇가지 부러지는 소리도 들렸다. 아주 잠깐 손전등 불빛이 번쩍 했다. 코니는 숨을 멈추었다.

"제발, 제발!"

코니는 작은 소리로 빌었다.

"여기서 나가게 해 주세요."

갑자기 무엇인가가 코니의 어깨에 닿았다. 코니는 소리를 질렀다. 그러고는 미친 듯이 두 팔을 저었다. 한 걸음 뒤로 물러나며 마구 두 주먹을 휘둘렀다. 공포에 질려 코니는 숨을 헐떡이며 온 힘을 다해 발길질을 했다.

무언가가 발에 맞은 것 같았다. 어쨌든 코니는 그렇게 느꼈다. 그 순간 누군가 비명을 지르며 투덜댔다.

"아야! 코니, 이런! 진정해! 나란 말이야!"

코니가 멈칫했다. 코니는 두 눈을 크게 떴지만 아무것도 보이지 않았다.

"필립?"

코니가 자신 없는 목소리로 물었다.

"너니?"

다시 손전등 불빛이 비쳤다. 코니의 그림자가 고통으로 일그러진 필립의 얼굴 위로 떨어졌다. 필립의 금발머리가 헝클어져 있었다.

"누구를 기대하고 있었니?"

필립의 갈색 눈에서 불꽃이 튀는 듯했다.

"숲의 유령이라도 되는 줄 알았니?"

코니는 웃을 수밖에 없었다.

"응."

코니는 고개를 끄덕였다.

"그런 비슷한 것."

코니가 몸을 구부렸다.

"미안, 발로 차서. 많이 아프니?"

"아니. 웃고 있는 것 보면 모르니?"

필립이 끙 소리를 냈다.

"왜 손전등을 끄고 있어?"

코니가 비난에 찬 목소리로 물었다.

"불빛이 있었다면 넌 줄 알고 발로 차지도 않았을 텐데. 정말 깜짝 놀랐잖아."

"첫째, 너를 끌어올리려면 두 손이 필요했고."

필립이 한숨을 쉬면서 설명했다.

"그리고 둘째, 건전지를 아끼려고 그랬지."

필립이 보란 듯이 손전등을 다시 껐다.

"여분의 건전지가 없거든. 너는 있니?"

"아니."

코니가 작은 목소리로 말했다.

잠깐 동안 둘은 아무 말도 없이 나란히 서 있었다. 아주 가까이에 필립이 있다는 것이 분명하게 느껴졌다. 필립이 숨쉬는 소리가 들렸다.

"넌 여기서 뭘 하는 거니?"

코니가 마침내 물었다.

"너를 찾고 있었지. 아니면 뭐겠어?"

답이 돌아왔다. 그러고 나서는 조금 부드러운 목소리가 들렸다.

"리아가 너도 원래는 우리랑 같이 오려고 했다고 말해 줬어. 네가 제 시간에 약속 장소에 안 나오자 걱정이 되더라고."

필립이 말을 멈추었다. 코니는 침을 삼켰다.

"걱정이 되었다고?"

코니가 물었다. 필립이 고개를 끄떡였다. 하지만 어둠 속이라 코니는 볼 수가 없었다.

"응."

필립이 말했다.

"우리는 너 없이 출발했는데, 나는 내내 이상한 느낌이 들더라고! 그래서 돌아와 보았지."

"나를 찾으려고?"

"그래."

"그럼 지금은?"

코니가 물었다.

"우리 어떻게 여기서 다시 나가지?"

"기어 올라가야 할 것 같은데. 할 수 있겠니?"

"물론이지."

코니가 자신 있게 말했다. 그러나 한 걸음 내디디려 하자 코니는 몸을 움찔했다.

"아우, 젠장!"

필립이 재빨리 코니 옆으로 다가왔다. 필립은 손전등을 켜고는 걱정스럽게 물었다.

"너, 다쳤니?"

코니는 입술을 꼭 깨물었다.

"별거 아니야."

코니는 거의 고함을 지르고 있었다.

"좀 긁힌 것뿐이야."

손전등 불빛이 코니의 다리를 오르내렸다. 코니는 소스라치게 놀랐다. 허벅다리가 새빨갛게 피로 물들어 있었다.

"아우, 이거 심하게 다친 거 같은데."

필립이 말했다.

코니가 대답 대신 이를 딱딱 부딪쳤다. 갑자기 엄청난 추위를 느꼈다.

"춥니?"

필립이 물었다. 코니가 고개를 끄떡였다. 코니의 이가 덜덜 떨려서 딱딱 소리가 났다. 멈출 수가 없었다.

"쇼크가 왔나 보다."

필립이 말했다.

"얼른 누워!"

뭐라고? 그럴 수는 없어! 코니가 싫다고 했다. 그러나 코니는 어지러움을 느꼈다. 그리고 무릎에는 힘이 하나도 없었다. 코니는 낙엽 위에 몸을 눕혔다. 필립은 코니의 두 다리를 올려 주었다.

"피가 안 돌아서 그래."

그런가? 금세 어지럼증이 사라졌다. 그러나 코니는 여전히 추웠다.

"기다려."

필립이 말했다. 코니는 씩 웃을 수밖에 없었다. 여기서 어떻게 도망이라도 갈까 봐?

"스웨터를 벗어 줄게."

필립은 자기 스웨터를 벗어서 코니에게 건넸다. 코니에게는 너무 컸다. 두 번이나 소매를 접어야 했다. 그러나 아주 포근했다. 코니는 눈을 감고 스웨터에 고개를 묻었다. 따뜻한 스웨터에서 숲과 모닥불, 그리고 솔방울 향이 났다. 그리고⋯⋯.

"있잖아, 지금 졸고 있을 시간은 없어. 일어설 수 있으면 우리 어서 가자! 아니면 남은 밤을 숲 속에서 보낼래?"

왜 안 돼? 코니는 그렇게 말하려고 했다. 필립이 코니 옆에 있고 난 뒤부터 절대 나쁘지 않았다. 그래도 코니는 일어나 앉았다.

"그래. 그럼 여기에서 어떻게 빠져나갈지 한번 살펴보자."

조금 뒤 두 사람은 네 발로 기어 둑을 기어오르기 시작했다. 둑에는 손으로 잡을 만한 데가 거의 없었다. 두 사람은 서로 밀어 주고 당겨 주어야 했다. 그럼에도 두 사람은 계속해서 미끄러져서 몇 번이나 처음부터 다시 기어올라야 했다.

코니가 숨을 헐떡거렸다. 두 시간 동안 계속해서 체육을 하는 것보다 훨씬 더 힘들었다.

한참 뒤에야 두 사람은 가까스로 도랑 위로 올라갈 수 있었다. 두 사람은 숨을 헉헉대면서 떨리는 다리로 길 위에 서 있었다. 필립은 나무에 기대어 서서 손전등을 켰다.

"괜찮니?"

필립이 물었다.

코니가 1,000미터 달리기를 막 끝낸 사람처럼 두 손을 허벅지에 짚고 고개를 끄덕였다.

"응, 괜찮아. 물어봐 줘서 고마워."

"제일 힘든 고비는 이제 넘긴 것 같은데."

필립이 코니에게 손을 내밀었다.

"나머지는 그에 비하면 산책이나 다름없지, 뭐."

필립이 자기만의 특별한 미소를 날렸다. 조금도 망설이지 않고 코니는 필립의 손을 잡고 똑같이 미소로 답했다.

"고마워."

코니가 말했다.

"천만에."

필립이 말했다.

두 사람은 손을 맞잡고 캠프로 가는 길을 걸었다. 손전등은 켜지 않았다. 길이 갈라져서 위치를 확인해야 할 때만 필립은 잠깐 잠깐 손전등을 켰다.

코니는 마치 꿈속에서처럼 묘한 기분을 느꼈다. 남자 아이와 손을 잡고 숲 속의 밤길을 산책한다는 것은 몹시 긴장된 일이었다. 긴장이라고는 했지만 전혀 기분 나쁘지 않은 느낌이었다.

어린 여우 한 마리가 킁킁거리며 몇 초 동안 길을 막고 있다가 어둠 속으로 다시 사라졌다.

"굉장하다, 그치?"

필립이 속삭였다. 필립이 코니를 잡은 손에 힘을 꼭 주었다.

"응, 정말!"

코니도 속삭이며 대답했다.

"지금껏 한 번도 이렇게 가까이에서 진짜 여우를 본 적이 없어. 잠깐만! 저건 뭐지?"

나무 뿌리 사이에서 뭔가가 달빛에 반짝였다. 코니는 몸을 숙였다.

"불 좀 켜 봐!"

필립이 손전등을 켜서 바닥을 비추었다.

"와우!"

필립이 말하고는 가까이 다가갔다.

코니는 손으로 작은 수정 구슬을 집어들었다. 장난감 구슬보다 별로 크지 않았다. 수정 구슬은 손전등의 불빛을 받아 아름답게 반짝거렸다.

"멋지다!"

코니가 소리를 질렀다.

"이게 숨겨진 마법의 물건 가운데 하나인가 봐."

"그것을 캠프에 가져가면 상을 받을 거야. 축하한다!"

코니는 손으로 수정 구슬을 꼭 쥐고는 고개를 저었다.

"이거 갖다 주지 않을래. 절대로! 내가 가질래. 기념으로."

필립은 멍하니 코니를 바라보았다.

"기념으로?"

"물론 캠프 기념이지. 그리고 숲, 내가 굴러 떨어진 도랑……."

코니가 조금 망설이다가 씩씩하게 말했다.

"그리고 네가 나를 그곳에서 꺼내 준 것."

한참 동안 두 사람은 아무 말 없이 나란히 서 있었다. 손전등의 불빛이 깜박거렸다. 그러더니 이내 주위가 온통 깜깜해지고 말았다.

"다행히 이제 얼마 남지 않았어."

필립이 혼잣말을 했다.

"저 뒤에 가로등이 보여."

"너, 있잖아."

어둠 속에서 남은 길을 걷다가, 코니가 천천히 말을 꺼냈다.

"뭐 좀 물어봐도 돼?"

"물론이지."

코니는 침을 꼴딱 삼켰다.

"리아가 너희 부모님에 대해서 이야기해 줬어. 부모님이 이혼하고 네가 학교에서 쫓겨났다는 이야기."

코니가 말을 멈추었다.

"난 네가 이제 화가 풀렸으면 좋겠는데."

"아, 쓸데없는 소리! 리아가 네게 말했다고 알려 줬어."

필립이 멈추어 섰다.

"그거 아니? 나는 네가 알고 있어서 더 기뻐!"

"정말?"

코니가 믿을 수 없다는 듯이 물었다.

"그럼 화가 풀린 거야?"

"응. 왜 화가 나겠어?"

필립이 되물었다.

"나는 그저 모두가 그것을 가지고 수다를 떨고 나를 불쌍하게 여기는 것이 싫을 뿐이야. 그게 다야."

"다른 사람한테는 절대 이야기하지 않을 거야. 맹세할게!"

"너는 그럴 거야. 나는 믿어."

"그럼 지금은 어때?"

코니가 물었다.

"내 말은 부모님이 이혼한 다음에, 그리고 독일에 돌아온 다음 어떠냐는 거야."

"나아졌지."

필립이 대답했다. 매우 솔직하게 들렸다.

"훨씬 더 나아졌지. 있잖아, 가장 나빴던 것은 우리 부모님들이 계속해서 싸우는 것이었어. 늘 서로 싸우고, 욕하고, 소리 지르고. 아무도 양보하지 않고, 서로 자기가 옳다고만 하고. 내 기분이 어떨지는 전혀 생각지도 않고 말이야."

코니는 만일 엄마와 아빠가 만날 싸우고 서로를 향해 소리를 지른다면, 그리고 자기와 야콥은 나 몰라라 한다면 기분이 어떨까 하고 상상해 보려 했다. 하지만 잘 되지 않았다. 상상만 해도 끔찍했다!

"이제 훨씬 나아졌다니 다행이다."

코니가 작은 목소리로 말했다.

필립이 고개를 끄떡했다.

"우리 엄마는 나미비아에 남고, 나하고 아빠만 이곳에 산다는 것이 여전히 우습기는 하지만 천천히 그것에 익숙해지고 있어. 엄마랑은 계속해서 이메일을 주고받고 있어. 그리고 다음 휴가 때는 우리를 만나러 올 거야."

"그거 잘됐다!"

코니가 기뻐했다. 코니는 갑자기 어떤 생각이 떠올라 쿡쿡 웃음이 나왔다.

"다른 것도 물어봐도 돼?"

"응, 물어봐. 괜찮다고 했잖아."

"학교 첫날, 책상하고 의자로 만든 건축물. 알지? 그 난장판 피라미드. 너였지?"

필립이 갑자기 멈추어 서는 바람에 코니는 하마터면 넘어질 뻔했다. 때마침 달이 구름을 벗어났기 때문에 코니는 필립이 무지무지 진지한 표정을 지으려고 애쓰는 것을 보았다.

"맹세할게."

필립이 아주 즐거운 듯이 말했다.

"2A반 교실의 난장판 피라미드를 만든 것과 나는 아무런 상관이 없어. 내가 지금 이 숲 속에 있다는 것만큼이나 분명한 사실이야."

코니는 처음에는 킥킥거리며 웃다가 나중에는 큰 소리로 웃었다. 나중에는 참지 못하고 폭소를 터뜨렸다.

"내가 네 말을 믿으라고? 절대 안 믿어."

"야, 내가 맹세했잖아."

필립이 뿌루퉁한 표정으로 화를 냈다.

"사나이의 맹세도 넌 믿질 않는구나?"

코니는 배를 잡고 웃어 댔다.

"그만해!"

코니가 빌었다.

"못 참겠어."

코니는 눈가에서 눈물을 훔쳤다.

"그래도 잘 안 믿기는데, 미안!"

필립이 코니의 웃음에 손을 들었다.

"오케이."

필립이 말했다.

"누가 그 난장판 피라미드를 만들었는지는 레싱 김나지움의 역사에서 영원한 수수께끼가 되는 거다?"

"알았어."

코니가 말했다.

"우리 이제 얼른 가자. 안 그러면 캠프에서 또 수색대라도 조직할라."

몇 분 지나서 코니는 마침내 몇 시간 전 엉뚱한 방향으로 갔던 길을 다시 알아볼 수 있었다. 숲가에 서 있는 가로등에서는 희미한 불빛을 내뿜고 있었다. 바로 뒤쪽으로 캠프 입구가 보였다.

"이제 다 왔네!"

필립이 말했다.

"우리가 해낸 것 같아!"

필립의 목소리에는 뭔가를 아쉬워하는 듯한 느낌이 배어 있었다. 코니 또한 조금 더 계속 걸었으면 하는 바람이 있었다. 이 멍청한 다리가 심하게 욱신거리지만 않아도!

코니가 한숨을 쉬었다.

"응, 그런 거 같아."

코니는 천천히 수정 구슬을 꺼내 들었다.

"너도 구슬에 대고 뭘 좀 빌어 봐."

코니가 필립에게 말했다.

"네가 나를 구해 줬잖아. 그리고 이 구슬은 마법의 물건이고. 상을 받을 자격이 충분히 있는 거지."

필립이 한 손을 구슬 위에 얹고 눈을 감았다. 잠시 후 필립은 눈을 뜨고는 미소를 지었다.

"끝이야?"

코니가 물었다. 필립이 고개를 끄덕였다. 그러고 나서는 고개를 숙이더니 코니의 뺨에 살짝 입을 맞추었다.

코니가 느낀 것은 아주 잠깐의, 아주 부드러운 숨결뿐이었다. 나비가 잠깐 스치고 간 느낌 이상도 아니었다. 코니는 뺨에 손을 갖다 댔다.

필립이 입을 맞춘 그 자리의 살갗이 간지러웠다. 그리고 배 속도 간지러웠다. 마치 수천 마리의 벌들이 앵앵거리듯. 어휴~!

"고마워."

필립이 활짝 웃었다.

"아, 아니야."

코니가 말했다. 그러고 나서 조금 미소를 지으며 덧붙였다.

"천만에!"

"그러니까 코니, 걔가 네 생명을 구해 줬구나."

안경 뒤에 있는 안나의 눈동자가 아주 커다랗게 보였다. 마치 수프 접시 같군, 이런 생각이 들자 코니는 쿡쿡 웃음이 나왔다. 금방이라 도 튀어나올 것 같아.

안나가 눈을 먼 곳에 두고 말했다.

"정말 낭만적이야!"

"믿을 수가 없어."

디나가 한 음절 한 음절마다 힘을 주면서 말했다. 디나는 볼에 입 김을 잔뜩 불어넣더니 푸 하고 내뱉었다.

"정말이야!"

코니는 친구들에 둘러싸인 채로 침낭 위에 누워서 마치 눈의 여왕 처럼 즐거워하고 있었다.

친구들과 싸웠던 일은 눈처럼 녹아 버렸다. 숲 속에서의 모험과 아 주 똑같이. 고통스런 기억이 나게 하는 유일한 것은 왼쪽 다리를 장 식하고 있는 붕대와 손바닥에 붙어 있는 커다란 반창고뿐이었다. 나 뭇가지가 후려친 이마 위에는 굵게 붉은 줄이 나 있었다. 종합적으로 보아서 코니는 자기가 대담무쌍하게 보인다고 생각했다. 마치 강도 의 부인처럼. 아니면 여자 해적. 상당히 쿨하다!

아, 지난밤에 있었던 일 가운데 물론 또 하나가 생각났다. 마법의 수정 구슬! 그 구슬은 코니의 배낭 속에 따뜻하고 편안하게 숨어 있었다. 구슬은 코니 혼자 있을 때 꺼낼 참이었다. 캠프로 돌아오는 길을 생각하니 코니는 절로 웃음이 나왔다. 필립마저 사라졌다는 것을 알고 걱정이 된 리아와 야닉이 코니가 없어졌다고 리더들에게 알렸다. 리더들은 곧바로 수색조를 편성했는데, 바로 그때 코니와 필립이, 더럽고 피곤에 지쳐 있었지만, 그런대로 멀쩡히 걸어오고 있었다.

캠프 전체가 두 사람을 에워쌌다.

그리고 안나는 소리를 질렀다! 모든 사람이 보는 앞에서!

"야, 코니!"

안나는 계속해서 훌쩍훌쩍 눈물을 흘렸다.

"정말 걱정 많이 했어. 나는 네가 나 때문에 가 버린 줄 알았잖아. 우리가 싸워서."

"뭐라고? 말도 안 돼!"

코니가 대답했다.

"그럼 너 이제 화 다 풀린 거니?"

안나가 물었다.

"응, 완전히!"

"나도, 기뻐! 우리 화해하는 거야?"

안나가 말했다.

"우린 벌써 하지 않았니?"

코니가 웃었다. 안나는 눈물을 닦았다. 멍청한 싸움에 대해서는 더 이상 한 마디도 하지 않았다. 필립에게 반했다는 말도.

"너는 나의 가장 친한 친구야."

안나가 코니에게 말했다.

"남자 아이가 우리를 갈라놓을 수는 없지. 아무리 필립 백작이라도."

안나는 코니 옆에 앉아 코니의 수발을 모두 들었다.

"주스 더 줄까? 아니면 감자칩?"

안나는 코니 코앞에 주스병과 빨대를 내밀었다. 다른 손으로는 커다란 감자칩 봉투를 들고 있었다. 코니는 머리를 흔들었다.

"아니야, 고마워. 이미 곰돌이 젤리 반 봉지, 비스킷 한 봉지, 그리고 초콜릿을 두 개나 먹어 치웠어. 더 먹었다가는 배가 터질 거야."

빌리가 씩 웃었다.

"먹고 마시는 것이 몸과 마음을 지켜 준다고 우리 아빠가 늘 말해."

빌리가 말했다.

"그런데 너는 일단 공기와 사랑으로 먹고 사는 것 같구나."

'사랑'이라고 말하면서 빌리가 환하게 웃었다.

"이야기 좀 해 봐."

디나가 재촉했다.

"걔가 뭐라고 하던? 숲속에서 너희 둘만 몇 시간 동안이나 있었잖아."

"나는 얼마나 오랫동안 있었는지 몰라."

코니가 말했다.

"그때 시계가 없었거든. 그리고 계속해서 어둠 속에 있었잖아."

"정말 낭만적이야."

안나가 또 다시 한숨을 쉬었다. 그놈의 낭만 타령이 코니에게는 점점 지겨워졌다. 춥고 질퍽질퍽한 도랑에서 어디에 있는지도 모르고 쪼그려 앉아 있는 것이 그리 낭만적인 일은 결코 아니었다.

그런데 야간 하이킹의 마지막 장면이 생각이 났다. 그것은 정말로 낭만적이었다. 그 입맞춤은 관두고라도. 그 일에 대해서는 절대로 아무한테도 이야기하지 않을 것이다. 어쨌든 지금 당장은. 아마도 적당한 때가 되면 나중에는 말할 수 있을지도 모른다.

"내가 벌써 두 번, 세 번 모두 이야기했잖아."

코니가 투덜거렸다.

"또 무엇을 더 알고 싶어서 그러니?"

"전부!"

안나가 힘을 주어 말했다. 빌리와 디나도 고개를 끄떡였다. 코니는 조금 머뭇거렸다. 그러다가 결국 이야기를 시작했다.

"필립은 그리 나쁜 애가 아니야. 우리 생각과는 달리."

"네 생각과 다를 뿐이야."

빌리가 곧바로 코니의 말을 수정했다.

"나는 처음부터 걔를 좋아했거든."

"맞아."

코니도 대답했다.

"나는 그냥 걔가 몹시 잘난 체하고 건방지고 거만하고 예의가 없다고 생각했어."

"그거 다 같은 말 아니니?"

디나가 조심스럽게 참견을 했다. 코니가 눈을 부라렸다.

"그래, 맞아. 내 말은 그냥 그렇다는 거지."

"네가 걔를 잘못 봤다 이거지?"

안나가 코니 대신 말해 주었다.

"정확해."

코니가 고개를 끄떡였다.

"쿨한 척하는 걔의 가면 뒤에는 완전히 사랑스럽고 상냥하고……."

"낭만적이고."

안나가 빙그레 웃으면서 추가했다.

코니가 안나를 툭 치면서 웃었다. 코니는 몸을 조금 더 똑바로 일으켜 앉고는 새 유카 티셔츠에서 비스킷 가루를 털어냈다.

"너희들 진짜 웃기는 게 뭔지 아니?"

다른 아이들이 코니를 바라보았다. 빌리가 고개를 저었다.

"오늘 벌써 캠프가 끝난다는 거지. 앞으로 몇 시간만 지나면 빌리 아빠가 우리를 데리러 올 거라고."

코니가 한숨을 쉬었다.

"좀 더 있었으면 좋겠다."

"방학 때 우리 다시 이런 캠프에 올까?"

안나가 안을 내놓았다.

"다른 데도 분명히 있을 거야, 그렇지? 우리 돌아가면 인터넷에서 한번 찾아보자."

"그래, 우리 그러자."

디나가 힘차게 고개를 끄덕였다.

"그리고 다음번에는 남자 아이 때문에 싸우지 말자. 약속?"

디나가 손바닥을 위로 하고 손을 내밀었다. 빌리와 안나가 곧바로 손을 얹었다.

"약속!"

둘은 입을 맞추어 말했다. 코니도 그 위에 손을 얹었다.

"약속!"

코니는 즐거이 맹세를 하며 덧붙였다.

"너희들이 없으니까 정말 재미없더라고!"

"우리도 네가 없으니까 재미없었어!"

안나가 웃었다. 그러고는 물론 감자칩 봉투를 공격할 차례였다.

아이들 위로 그림자 하나가 드리우자 아이들은 모두 올려다보았다.

"안녕, 코니?"

야네테가 달콤한 목소리로 말을 걸었다.

"너의 금발머리 기사는 어디 있니? 들자니까 너희 둘이 아주 뜨거운 연인 사이가 되었다며? 캠프 전체가 벌써 너희들 이야기를 하고 있다고."

야네테는 심술궂게 웃으면서 뒤로 돌아섰다. 코니는 아무 말 없이 야네테의 등을 바라보았다.

"신경 쓰지 마."

안나가 얼른 말했다.

"쟤는 그냥 샘이 나서 저러는 거니까."

"맞아."

빌리가 말했다.

"아마 너희 말이 맞을 거야. 그래도 쟤는 도대체 무슨 생각을 하는 거니?"

코니가 화가 나서 머리를 흔들었다.

"멍청한 암소 같으니!"

오후에는 캠프의 마지막 행사로 광장에서 다채로운 공연과 전시가 열렸다. 안나의 연극 팀은 공연이 끝난 뒤 엄청난 박수갈채를 받았고, 디나의 수채화 팀 전시회도 반응이 좋았다. 코니는 그림에서 그림 사이를 비틀거리고 다니면서 자기 친구의 예술적 재능에 정말 감탄했다.

빌리가 비치발리볼 게임을 하는 것을 구경하면서, 코니는 관객들 속에서 필립을 찾고 있는 자신을 발견했다. 그러나 코니가 발견한 단 한 사람 아는 얼굴은 파울이었다. 이상하다. 리아와 야닉도 보이지 않았다. 파울이 코니에게 다가왔다.

"안녕, 파울?"

코니가 말했다.

"안녕?"

파울이 거의 이를 악물고 대답했다. 파울은 코니 이마에 난 상처와 붕대를 감은 허벅지를 뚫어져라 쳐다보았다.

"너는 실종된 상태에서 아주 많은 화젯거리를 만들어 놓았더라."

파울의 목소리와 눈빛이 딱히 이유는 모르겠으나 코니의 마음에 들지 않았다.

"아, 그것?"

코니가 손을 저었다.

"이야기할 가치도 없는 거야."

파울이 한 걸음 더 코니에게 다가왔다.

"필립 백작하고는?"

파울이 낮게 쉿소리를 냈다.

"그것도 이야기할 가치가 없니?"

코니가 대답도 하기 전에 파울은 돌아서서 성큼성큼 가 버렸다. 코니는 멍한 표정으로 서 있었다.

뭐였지? 얘가 이제 완전히 미쳐 버린 건가?

조금 뒤 관객들이 흩어졌다. 모두들 자기들 짐을 텐트에서 내오고 리더들과 작별 인사를 했다. 코니는 다시 파울을 만나지 않아서 기뻤다. 안나와 빌리, 디나와 함께 베르디 씨의 자동차에 오르고 나서야 코니는 안도의 한숨을 내쉬었다.

집에 오자 식구들이 반갑게 맞아 주었다. 엄마와 야콥은 초콜릿 케이크를 구워 주었다. 그리고 아빠는 심지어 환영 플래카드까지 만들어 걸어 놓았다.

코니는 기뻤다. 그러나 케이크를 한 조각 크게 잘라 먹고 나니 하품이 나오는 것을 참을 수 없었다. 코니는 샤워를 하고 나서 곧바로 침대로 들어갔다. 마우가 코니 품을 파고들었다.

다음 날 아침 코니는 캠프와 숲 속의 모험, 필립, 이 모든 것이 꿈이었던 것 같은 느낌이 들었다. 그러다 수정 구슬 생각이 났다. 구슬은 코니 옆, 침대 탁자 위에 놓여 있었다. 커튼 사이로 햇빛 한 가닥이 새어 들어와 구슬 속에서 부서졌다. 구슬은 비밀스러운 빛을 뿜어 냈다. 코니는 손에 구슬을 올려놓고 이리저리 돌려보았다.

그러다 우연히 알람 시계를 보고는 소스라치게 놀랐다. 아이구, 이런! 늦었다, 늦었어!

"너, 오늘 자전거 타고 학교 갈 수 있겠니?"

아침을 먹으면서 엄마가 물었다.

"아빠랑 같이 차 타고 가지 그러니?"

"아니, 괜찮아요."

코니가 토스트를 베어 먹고 코코아를 마시면서 우물거리면서 말했다.

"다리 이제 안 아파요."

거짓말이었고, 엄마는 당연히 믿을 수 없다는 듯 이맛살을 찌푸렸지만 코니는 주장을 굽히지 않았다. 자전거를 타고 학교에 갈 것이다. 엄마는 만일을 위해서 다친 다리에 커다란 반창고를 또 붙여 주었다.

"파상풍 주사를 맞긴 했지만. 그래도 상처를 보호해야 한단다."

코니가 자전거를 끌고 길로 나가면서 즐겁게 인사를 했다.

"다녀올게요!"

그러나 너무 큰 소리를 내지 않으려고 코니는 이를 꽉 물어야 했다. 페달을 밟을 때마다 다리가 천 개의 바늘로 찌르는 것처럼 아파왔다.

"이런 젠장!"

코니는 작은 목소리로 끙끙 소리를 냈다.

"내가 이게 무슨 짓이지?"

그에 대한 대답은 코니가 운동장으로 들어가서 자전거 보관소를 향할 때 얻을 수 있었다. 필립이 자기 은색 자전거에 기대어 코니를 보고 멀리서부터 미소를 짓고 있었다.

"안녕, 기다리고 있었어."

필립이 말했다.

"안녕?"

코니가 거추장스럽게 이마 위로 흘러내린 머리카락을 쓸어 올리며 필립을 보고 웃었다.

"어제는 어디 있었니? 오후 시간에 안 보이던데."

필립은 배낭을 어깨에 메고 코니가 자전거에 자물쇠를 다 채우기를 기다렸다.

"우리 아빠가 리아와 야닉, 그리고 나를 조금 일찍 데리러 왔어."

필립이 대답했다.

"미안, 뭐 재미있는 일 있었어?"

"별일 없었어."

코니가 필립과 나란히 계단을 올라 넓은 입구를 지나 교실 건물로 들어가면서 말했다.

"나는 그냥……."

"내가 보고 싶었다고?"

필립이 뻔뻔스럽게 물었다.

코니의 얼굴이 조금 빨개졌다. 그러나 얼굴이 탄 덕분에 그리 눈에 띄지 않기를 바랐다. 그래도 코니는 얼른 운동화를 내려다보았다. 만일을 위해서.

"아니."

코니가 말했다.

"물론 아니지. 하지만 너랑 작별 인사도 하고 고맙다는 말도 하고 싶었어. 도랑에 빠진 것도 그렇고, 네가 나를 찾아봐 준 것도 그렇고."

코니는 애써서 적당한 낱말을 찾으려 했다. 그러나 필립이 얼른 손을 저었다.

"당연히 할 일인데, 뭐."

필립이 문을 열고 잡아 주었다.

코니와 필립이 동시에 교실에 들어서자 갑자기 모든 대화가 멈추었다. 마치 단추라도 누른 듯 모든 시선이 두 사람을 향했다. 어디선가 작게 휘파람 소리도 들렸다.

코니는 침을 꼴깍 삼키고는 도움을 구하려는 듯 파울을 찾았다. 그러나 파울은 웃기만 하면서 큰 소리로 외쳤다.

"모두들 아름다운 월요일 아침입니다!"

남자 아이들 몇 명이 씩 웃었다. 야네테는 입을 삐죽거리며 친구들과 귓속말을 했다.

코니는 모래밭 위를 걷듯이 비틀거리며 자기 자리로 갔다. 귓속에서 윙윙 소리가 났다. 안나가 얼른 코니를 안아 주었다.

"바보 같은 애들 신경 쓰지 마."

모두가 들을 만큼 안나가 큰 소리로 말했다.

"저러다 말겠지."

그랬으면 좋겠다. 코니도 속으로 생각했다. 린트만 선생님의 수업이 시작되는 것이 코니는 처음으로 기뻤다.

다행히 오전 시간은 금세 훌쩍 지나갔다. 빈정대는 것도 한계가 있었다. 그러나 마지막 수업종이 울리고 나서도 코니는 계속 늑장을 부리고 있었다. 자전거 보관소까지 가는 길에 멍청한 빈정거리는 소리의 희생자가 될 생각은 조금도 없었다. 코니는 아이들이 모두 집에 갈 때까지 기다릴 작정이었다. 모두라는 뜻은 물론 안나는 빼고 말하는 것이었다.

"다들 갔네."

안나가 말했다. 안나는 문가에 서서 코니에게 손짓을 했다.

"야네테와 그 여우들이 사라졌어. 파울과 마르크도."

둘은 함께 계단을 내려갔다.

"휴, 매일 이렇게는 못하겠어."

안나가 투덜댔다.

"그런 멍청한 소리들에 네가 익숙해져야 하겠다. 네가 앞으로 필립하고 말하지 않겠다면 모르지만."

"나도 알아. 신경 쓰이지?"

코니가 이를 꽉 물면서 말했다.

"오늘 따라 특히 신경에 거슬리네. 아마……."

코니가 말을 하다 멈추었다. 그러고는 어딘가를 쳐다보았다.

코니의 자전거! 아주 멋진 새 자전거가!

"세상에 이럴 수가!"

안나가 깜짝 놀라서 말했다.

코니의 산악자전거는 더 이상 기능을 발휘하는 자전거와 비슷한

데라고는 없어 보였다. 그보다는 추상적인 예술 작품과 훨씬 더 비슷했다. 안장과 핸들은 뒤집혀 있었고, 앞바퀴는 완전히 분해되어 가로등에 기대어 있었다. 짐바구니는 전체 작품의 왕관처럼 나무에 걸려 있었다.

코니는 침을 꼴깍 삼켰다. 참을 수 없이 화가 치솟았다. 코니는 주먹을 꼭 쥐고 소리를 질렀다.

"이제 더는 못 참아! 이제 그만!"

코니는 주먹을 마구 흔들었다.

"이 자식을 꼭 잡고 말겠어."

안나는 깜짝 놀랐다. 안나는 코니가 그렇게 화내는 모습은 지금껏 본 적이 없었다.

"일단 진정 좀 해라."

안나가 코니를 달랬다.

"이걸 다시 어떻게 조립해야 할지 생각 좀 해 보자."

"진정이 안 돼. 못하겠어."

코니가 쓰레기통 위에 올라가 나무에 걸려 있는 짐바구니를 내리면서 씩씩거렸다.

"이 짓거리를 한 바보 자식을 잡은 다음에야 진정하겠어."

코니는 화를 내며 쓰레기통 위에 서서 머리 위로 짐바구니를 흔들어 댔다.

"내가 꼭 붙잡겠어. 맹세코. 아니면 내 이름이 코니 클라비터가 아니다."

"하지만 어떻게?"

안나가 물었다.

안나는 안장과 핸들을 다시 제자리에 돌려놓고 단단히 조였다.

"이 녀석을 반드시 현장에서 잡아야 해."

코니가 이를 갈았다.

"그러고 나서 한 방에!"

코니는 짐바구니를 고정시키려고 해 보았다. 그러나 집게와 드라이버 없이는 불가능했다.

"젠장!"

안나는 앞바퀴를 끼우고 나사를 조였다.

"그냥 끌고 가는 게 좋겠다."

안나가 말했다.

"손으로만 조였기 때문에 지탱하지 못할 거야."

"그래. 네 말이 맞아. 너무 위험해."

코니는 책가방을 메고는 쓸모없어진 짐바구니를 핸들에 걸었다.

"너는 이제 그냥 가도 돼. 네가 나 때문에 점심을 늦게 먹는 것만 해도 미안해. 그리고 오늘 고마웠어."

안나가 안장 위로 휙 올라탔다.

"아니야. 그럼 내일 보자!"

"그래, 내일 봐!" 코니는 집을 향해 걷기 시작했다. 앞바퀴는 미친 듯이 터덜거렸고 짐바구니는 빨간색 칠에 보기 싫게 줄무늬 자국을 내고 있었다.

코니가 집에 도착했을 때, 기분이 아주 바닥이었다. 그러나 코니에게는 범인을 잡을 만한 계획이 세워져 있었다. 무슨 일이 있어도.

"우리 숨어서 살펴보자."

오후에 코니가 말했다. 코니는 계획을 짜기 위해서 안나와 빌리, 디나를 공원에서 만났다.

"내 자전거에서 잠시도 눈을 떼면 안 돼. 이 녀석을 현장에서 잡기 전에는 말이야."

빌리가 인상을 썼다.

"누가 범인이 남자라고 했니? 야네테가 널 되게 미워하는 것 알잖아. 이런 비열한 짓 뒤에 걔가 숨어 있을지 모르지."

"걔가? 절대 아니야."

코니가 자신 있게 말했다.

"걔는 손을 더럽히는 일은 절대로 하지 않아. 그리고……."

코니가 씩 웃으면서 덧붙였다.

"그렇게 손톱이 길면 밸브를 도저히 돌리지 못할걸. 내 느낌으로는 남자 아이 짓이야."

"필립도 자전거를 타고 학교에 오지 않니?"

디나가 물었다. 코니가 고개를 끄떡였다.

"걔 자전거가 우연히 네 자전거 옆에 있지 않던?"

디나가 더 캐물었다.

"대개는 그렇지. 그건 왜 묻는 거니?"

디나가 숨을 깊이 들이마셨다.

"필립이 그런 것 아닐까?"

"뭐라고?"

코니가 놀라서 물었다.

"어떡하다 그런 생각을 하게 됐니?"

안나와 빌리가 서로를 바라보았다.

"그럴 리가 없어!"

빌리가 재빨리 말했다. 하지만 안나는 머뭇거렸다.

"뭐, 우리는 여전히 개에 대해서 잘 모르니까."

"맞아."

디나가 안나의 말에 동의했다.

"아마도 관심을 끌려고 그랬는지도 모르지."

"내 자전거를 분해해서 말이니? 그럴 이유가 없어."

코니가 고개를 저었다.

아이들도 더는 할 말이 없었다. 코니는 이맛살을 찌푸렸다. 필립이? 아니야, 그럴 리가 없어. 그러나 개의 자전거가 눈에 띄게 코니의 자전거 옆에 서 있기는 했다. 하지만 개가 왜 코니를 화나게 한단 말인가? 재미로? 심심해서?

"어떻게 계속해서 네 자전거를 지켜보자는 생각을 했니? 우리는 수업을 받아야 하잖아."

빌리가 말했다.

코니가 볼에 공기를 불어넣었다. 맞아. 그것이 문제였다. 그러나 코니에게는 좋은 생각이 있었다.

"상관없어. 누구 짓이든. 그 녀석은 틀림없이 우리 학교에 다녀. 다른 사람들은 오전에 학교에 들어올 수 없으니까. 이 말은 그 녀석이 쉬는 시간이나 수업이 끝난 다음을 노린다는 뜻이지. 그러니까 우리는 쉬는 시간과 학교가 끝난 뒤에 자전거들 사이에 숨어 있으면 된다는 거지."

코니가 의기양양하게 친구들을 둘러보았다. 그러나 다른 친구들의 표정은 회의적이었다.

"우리가 쉬는 시간에 숨어 있어야 한다고?"

빌리가 고개를 갸우뚱했다.

"우리가 교대로 하면 되지."

코니가 안을 내놓았다.

"그러고 나서는? 그 녀석이 실제로 나타나면 어떻게 해? 걔를 붙잡아서 경찰이 올 때까지 묶어 둘 거야, 어쩔 거야?"

디나가 물었다.

"음."

코니는 금방 대답하지 못했다. 솔직하게 말해 코니는 거기까지 상세하게는 생각이 미치지 못했다. 코니는 하릴없이 두 손을 들어올렸다.

"좋은 생각이 있어!"

안나가 갑자기 소리를 질렀다.

"우리 아빠가 새로 디지털 카메라를 샀는데, 그것으로 비디오도 찍을 수 있어. 우리가 코니의 자전거에 카메라를 달아 두면 그 녀석을 찍을 수 있을 거야."

“오, 나쁘지 않은데.”

코니가 미소를 지었다.

“그런데 너희 아빠가 그렇게 새 카메라를 빌려 줄까? 분명히 아주 비쌀 텐데.”

“물론 망가지지 않게 조심해야지. 하지만 우리 아빠한테 학교에서 필요하다고 말하면 분명히 빌려 주실 거야.”

“뭐, 거짓말은 아니네.”

빌리가 씩 웃었다.

코니가 안나의 손바닥을 쳤다.

“천재야! 그런데 어디다 달지? 그 범인이 카메라를 발견하면 안 되잖아?”

“텔레비전에서 보면 탐정들은 가방 같은 데에 구멍을 뚫고는 거기다가 카메라를 숨기던데.”

디나가 생각에 잠겨서 말했다.

“적당한 가방이 있으면 좋을 텐데.”

“그리고 적당한 구멍.”

빌리가 보충했다.

코니의 얼굴이 갑자기 밝아졌다.

“문제 없어, 애들아.”

코니가 소리를 질렀다.

“내 자전거에 새 연장주머니가 있어. 구멍을 뚫는 것이 좀 아깝기는 하지만 그럴 만한 가치가 있겠지. 거기가 숨기기 딱 좋을 거 같아.”

안나가 자리에서 벌떡 일어났다. 안나는 코니의 손을 붙잡고 높이 들어올리며 말했다.

"그렇게 하자. 우리 내일 아침 일찍 수업 시작 30분 전에 만나자. 너는 미리 구멍을 뚫어 와. 나는 카메라를 가져올게."

*　*　*

다음 날 아침, 코니는 신경이 몹시 예민해져 있었다. 모든 것이 잘 됐으면 싶었다. 코니는 작은 주머니에서 연장들을 꺼낸 다음, 커터로 구멍을 하나 뚫었다. 그런데 카메라가 너무 크면 어떡하지? 구멍을 엉뚱한 위치에 뚫었다면? 무조건 딱 맞아야 했다. 손이 떨리는 바람에 코니는 코코아를 엎지르고 말았다.

"아이고, 코니!"

엄마가 키친 타월을 손에 들었다.

"도대체 오늘은 무슨 일이니?"

"미안해요. 일부러 그런 게 아니에요."

코니가 얼른 말했다. 코니는 키친 타월을 한 움큼 잡아뜯어서 코코아를 닦았다. 냉장고까지 코코아가 튀어 있었다. 아이고! 코니가 낮게 끙 소리를 냈다.

아빠가 한마디 했다.

"네가 오늘 아침 아무래도 컨디션이 안 좋은 모양이구나."

"아뇨. 괜찮아요."

코니는 한숨을 쉬면서 축축해진 키친 타월을 쓰레기통에 던져 넣었다.

"그냥 나를 좀 내버려 두세요, 네?"

코니는 부모님들이 궁금해하는 눈빛을 보고는 그렇게 말을 함부로 한 것이 금세 미안해졌다. 하지만 그 순간에는 정말 머릿속이 다른 걱정으로 꽉 차 있었다.

"다녀올게요. 지금 나가 봐야 해요."

코니가 마루에서 책가방을 집어서 어깨에 둘러멜 때 아빠 목소리가 들렸다.

"쟤가 왜 저러는 거야?"

엄마는 낮은 소리로 웃었다.

"얘가 사춘기가 됐나 봐요."

코니는 거울을 들여다보고는 씩 웃었다. 말도 안 돼!

안나와 빌리는 이미 자전거 보관소에서 코니를 기다리고 있었다. 디나는 보이지 않았다. 코니는 자전거를 친구들 앞으로 끌고 갔다.

"카메라 가져왔니?"

코니가 숨도 쉬지 않고 물었다.

안나가 고개를 끄떡였다.

"건전지까지 새로 끼웠는걸. 안 멈추고 몇 시간은 계속해서 돌아갈 거야."

둘은 작은 카메라를 연장주머니에 밀어넣었다. 카메라는 다행히 뚫어 놓은 구멍에 딱 맞았다.

"이거 아주 걸작인데."

코니가 만족스럽게 말했다.

"우리 시험삼아서 한번 찍어 보는 게 좋겠어."

빌리가 말했다.

"안 그러면 나중에 발만 찍혀 있을지도 모르잖아."

바로 이때 디나가 뛰어왔다. 얼굴이 발갛게 달아올라 있었다.

"미안, 버스를 놓쳐서 말이야. 내가 너무 늦게 온 거니?

"아니, 딱 시간 맞추어서 왔어."

안나가 카메라 셔터를 눌렀다.

소리도 없이 카메라가 디나를 찍기 시작했다.

"각도가 완벽해."

안나가 카메라를 조정하면서 말했다.

"이렇게 하면 무슨 일이 있어도 범인을 잡을 수 있을 거야. 발만 찍어도. 신발도 가끔은 지문이나 뾰족귀처럼 유일한 증거가 될 수 있다고."

다른 학생들이 자전거를 밀면서 등교하기 조금 전에 모든 준비가 끝났다. 코니의 자전거는 언제나처럼 제자리에 눈에 띄지 않게 서 있었다. 카메라의 흔적도 전혀 눈에 띄지 않았다.

오전 내내 코니와 친구들은 제자리에 앉아 신경질적으로 이리저리 몸을 뒤틀고 있었다. 아이들은 계속해서 서로서로를 쳐다보다가 선생님께 몇 번 지적을 받기도 했다. 쉬는 시간 종이 울릴 때마다 코니는 벌떡 일어나서 카메라에 뭔가 찍혀 있는지 살펴보고 싶은 충동을 참기 어려웠다. 그러나 안타깝게도 학교가 끝날 때까지 기다리기로 약속을 한 터였다.

나는 더 이상 못 참겠어. 나미브 사막의 기후 조건에 정신을 집중하려고 애쓰다가 결국 포기하고 코니는 결심했다. 코니는 안절부절 못하고 책상에서 헝겊 필통을 떨어뜨렸다. 코니는 다만 크게 한숨만 내쉴 뿐이었다. 필립은 재미있다는 듯 코니를 바라보았다. 코니는 한쪽 입술을 일그러뜨려 웃고는 책상 아래로 들어가서 만년필, 연필, 지우개와 연필깎이를 다시 주워 모았다.

제발, 정신 좀 차리자! 코니는 스스로에게 주의를 주었다. 코니는 새빨개진 머리를 들고 다시 위로 올라왔다. 어휴, 창피해!

마침내 수업 종료를 알리는 종이 울렸다. 지리 교실에서 학생들이 나가는 동안 코니와 안나, 디나와 빌리는 지도실에 남아 기다렸다. 코니는 시계를 쳐다보았다.

"우리 15분만 더 기다리자."

코니가 속삭였다.

"그런 다음 쳐들어가자."

다른 아이들도 고개를 끄덕였다.

분침이 달팽이 속도로 천천히 움직였다. 어쨌든 아이들에게는 그렇게 느껴졌다. 시간이 다 되기 조금 전에 빌리가 갑자기 소리를 질렀다.

"너희는 너희 좋을 대로 해. 나는 지금 나갈 거야."

결심을 단단히 한 표정으로 빌리는 책가방을 낚아채고는 문을 열었다. 다른 아이들도 빌리 뒤를 따랐다.

긴 복도와 계단에서는 이미 청소부 아주머니들이 일을 하고 있었다. 한 아주머니는 쓰레기통을 비우고 있었고, 다른 아주머니는 바닥을 걸레질하고 있었다. 엥엘 아저씨는 출입문의 경첩에 기름칠을 하고 있었다. 코니와 친구들은 아저씨 옆을 지나 얼른 밖으로 빠져 나갔다.

학교 운동장이 덩그렇게 아이들 앞에 놓여 있었다. 선생님들의 주차장에는 교장 선생님의 차밖에 없었다. 자전거 보관소도 몇몇 자전거 말고는 텅 비어 있었다.

"저기 봐! 범인이 또 왔다 갔어."

코니가 날카로운 비명과 같은 소리를 냈다. 코니는 자기 자전거를 가리켰다. 안장이 사라지고 없었다.

"하지만 우리가 애쓴 보람은 있겠지."

안나가 말했다. 안나는 연장주머니에서 카메라를 끄집어냈다. 녹화가 되고 있음을 알리는 빨간 램프가 아직도 깜박거리고 있었다. 안나는 스톱 버튼을 눌렀다.

"저거 네 거니?"

빌리가 물었다. 빌리는 보관소의 천장을 가리켰다. 하얀 안장이 홈통에 걸려 있었다.

"왜 아니겠어?"

코니가 이를 악물고 말했다. 코니는 담장 위로 올라가 홈통에서 안장을 내렸다. 코니는 폴짝 뛰어 친구들 옆에 내려섰다.

"자, 집으로 가자. 비디오를 보고 싶어서 못 견디겠어."

"여기서도 바로 볼 수 있잖아."

안나가 버튼 몇 개를 누른 다음, 색깔이 있는 재생 버튼을 눌렀다.

"카메라에 빨리 감기 기능이 있어. 내가 뭔가 나올 때까지 돌려 볼 게."

안나가 빨리 감기 기능을 누르자, 머리 네 개가 작은 카메라를 향해 숙여졌다. 처음에는 똑같은 그림만 나왔다. 코니 자전거의 몸체, 안장 한 귀퉁이, 까만 덮개와 아스팔트 한 조각. 가끔씩 자전거를 세우기 위해 지나가는 학생. 안나는 조금 더 빨리 비디오를 돌렸다.

"자, 주목!"

안나가 흥분한 목소리로 속삭였다.

"곧 범인이 나타날 거야."

코니는 눈을 가늘게 떴다. 정말이었다! 운동화 한 짝이 그림 안으로 들어왔다. 탈색된 청바지를 입은 다리 하나도 들어왔다. 코니는 숨을 멈추었다. 누군가 허리를 굽히고는 코니의 안장 위에 앉았다. 금발머리가 그림 속으로 들어왔다. 빨간 티셔츠…….

"저건 설마……."

디나는 다 들릴 만큼 큰 소리로 숨을 가쁘게 쉬었다.

"정말 믿을 수가 없군."

빌리가 씩씩거리며 말했다. 안나는 한 손으로 입을 가렸다.

"아니야."

안나가 중얼거리며 정지 화면 버튼을 눌렀다. 범인의 얼굴이 커다랗게 모니터에 나타났다.

"애가 범인일 것이라고는 전혀 생각하지 못했는데."

코니는 조심스럽게 안나의 손에서 카메라를 받아들었다. 코니는 멍한 표정으로 고개를 저었다. 목에 뭔가 큰 덩어리가 걸린 것 같았다.

"나도 생각 못했어."

코니가 갈라진 목소리로 중얼거렸다. 코니는 모니터를 뚫어져라 쳐다보았다. 파울도 마치 이쪽을 바라보고 있는 것처럼 보였다.

파울, 코니의 가장 오랜 친구!

이럴 수는 없어!

머릿속이 쿵쾅거리고 손이 떨렸다. 모든 것이 빙빙 돌았다. 코니는 여전히 모니터를 바라보았고 고개를 흔드는 몸짓을 멈출 수 없었다.

"파울!"

코니가 속삭이고는 울기 시작했다.

"이럴 수가 없어! 나는 얘가 내 가장 친한 친구라고 생각했는데."

"너, 이제 어떻게 해?"

안나가 조심스럽게 물었다.

"모르겠어."

코니가 훌쩍거리며 말했다. 코니는 뭔가 생각해 보려고 애를 썼지만, 소용이 없었다.

"생각을 좀 해 봐야겠어. 오늘 오후에 카메라 좀 빌려줄 수 있겠니?"

"응, 그래."

안나가 말했다.

"아빠는 저녁에야 집에 돌아오셔. 그때까지 네가 갖고 있어도 돼."

안나는 코니의 얼굴을 살폈다.

"그런데 어쩌려고 그래?"

"몰라."

코니가 한숨을 쉬었다.

"파울에게 이 비디오를 보여 줘야지, 달리 어쩌겠어? 더 좋은 생각이라도 있니?"

"아니."

안나가 우울하게 대답했다.

"증거는 분명해. 아무리 부정해도 소용없어."

"하지만 너희들은 이 이야기를 아무한테도 해서는 안 된다."

코니가 간절하게 말했다.

"다들 내게 맹세해!"

"아무 말도 하지 않을게."

빌리가 말했다.

"한 마디도!"

안나와 디나도 고개를 끄덕였다.

아이들은 우울한 기분으로 서로 작별 인사를 했다.

코니는 눈물을 훔쳤다. 떨리는 손으로 안장을 임시로 짐바구니에 매달았다. 그런 다음 코니는 자전거를 천천히 집 쪽으로 끌고 갔다.

코니의 머릿속은 여전히 뒤죽박죽이었다. 코니는 결코 그런 일은 꿈에도 생각지 못했다. 자기 자전거를 그 꼴로 만든 사람이 모르는 사람이었다고 해도 속이 굉장히 상했을 것이다. 그런데 파울이라고? 하필 파울이?

코니는 서둘러 점심을 먹고 자기 방으로 올라갔다. 코니는 여러 차례 반복해서 비디오를 보고 또 보았다. 그러고는 믿을 수 없다는 듯 고개를 흔들었다.

파울이 도대체 왜 이런 짓을 했을까? 이에 대한 대답은 파울만이 할 수 있다는 것을 코니는 알고 있었다.

동물원에 갇혀 있는 호랑이처럼 코니는 작은 방에서 이리저리 왔다갔다 했다. 코니의 눈길이 수정 구슬에 가 멈추었다. 코니는 구슬을 손에 들고 진정을 하려고 해 보았다. 파울을 상대하려면 마음을 굳게 먹어야 했다.

코니가 조금 뒤 아래층에 내려가 보니 야콥과 파울의 여동생 마리가 함께 놀고 있었다. 둘은 놀이에 깊이 빠져 있었다.

좋아. 내가 파울과 이야기를 하더라도 꼬맹이들은 신경 쓸 필요가 없겠군.

엄마는 책상에 앉아 편지를 쓰고 있었다.

"잠깐 파울한테 갔다 올게요."

코니는 엄마에게 말했다. 울음이 터져 나오려는 것을 간신히 참았다.

"수학 때문에요."

엄마는 고개도 들지 않고 말했다.

"그래. 알았다, 애야."

코니는 떨리는 가슴으로 파울네 집을 향해 몇 걸음 옮겼다. 코니와 파울은 이웃해서 산 지가 꽤 오래 되었다. 초등학교에서 둘은 가장 친한 친구였고 매일 함께 학교에 갔는데, 이제 이런 일이 일어나다니!

잔둘레스쿠 부인이 정원 울타리 옆에 서 있다가 코니에게 반갑게 손을 흔들었다. 그러나 코니는 이웃집 아주머니에게 신경 쓸 겨를이 없었다. 코니는 한숨을 쉬었다. 벨을 누르면서 코니는 파울이 집에 없었으면 하고 바랐다. 그러나 파울은 손수 문을 열어 주었다. 파울은 깜짝 놀라서 코니를 바라보았다.

"시간 있니?"

코니가 물었다.

파울은 손으로 머리를 빗어 올렸다.

"음, 뭐, 그래. 들어와."

파울이 한 걸음 뒤로 물러섰다. 코니는 파울 옆을 지나 안으로 들어갔다.

"무슨 일이 있니?"

파울이 물었다.

코니는 파울의 불안한 눈길을 보았다. 파울은 코니의 눈을 똑바로 쳐다보지 못했다. 아니면 단순히 코니의 생각이었을까?

코니는 작은 카메라를 끄집어냈다.

"너한테 보여 줄 게 있어."

"그래."

파울이 제자리에 멈추어 섰다. 파울은 벽에 기대어 서서 팔짱을 끼었다.

"네 방으로 들어가면 안 되겠니?"

코니가 자신 없게 물었다.

"정말 중요한 일이거든."

파울은 뭐라 알 수 없는 말을 중얼거리다가 앞장서서 자기 방문을 열었다.

방 안이 난장판인 것을 보고 코니는 미소를 지을 수밖에 없었다. 우리 엄마가 이 꼴을 보았다면!

파울은 침대 위에 있던 옷 몇 가지를 치우더니 언짢은 표정을 지었다.

"무슨 일이야? 마르크하고 다른 애들 만나기로 했는데. 얼른 말해 봐."

코니는 의자 쪽으로 갔다. 떨리는 손으로 코니는 카메라의 모니터를 켰다.

"이거!"

코니는 작은 목소리로 말했다. 목소리가 떨렸다. 코니는 파울에게 카메라를 건네주고 재생 버튼을 눌렀다.

코니는 너무나 여러 번 비디오를 봤기 때문에 더 이상 보지 않았다. 대신 파울의 반응을 지켜보았다.

작은 모니터에서 벌어지는 상황이 어떤 상황인지 알아챘을 때, 파울은 깜짝 놀라 한 발짝 뒤로 물러섰다. 얼굴이 처음에는 빨개졌다가 그 다음에는 하얘졌다.

"이게 어디서 난 거야?"

파울이 갈라지는 목소리로 물었다.

"그게 중요해?"

코니가 퉁명스럽게 말했다.

파울은 모니터를 뚫어져라 쳐다보았다. 파울의 이마에 작은 땀방울이 맺혔다. 코니는 갑자기 파울이 안돼 보였다. 코니는 모니터를 닫았다. 그것으로 충분했다.

잠깐 동안 집 안이 조용해졌다. 부엌에서 냉장고 돌아가는 소리가 들릴 지경이었다. 어디선가 시계 소리도 들렸다. 정원에서는 새가 울었다.

"왜 그랬어?"

코니가 마침내 쉰 목소리로 물었다. 코니가 헛기침을 했다.

"왜 그런 짓을 했니? 나는 네가 내 친구라고 생각했는데."

파울은 머리를 숙이고 침대에 앉아 있었다. 어깨가 올라갔다 내려 갔다 했다. 제발 울음을 터뜨리지 말았으면 하고 코니는 바랐다. 곧 그럴 것 같은데!

마침내 파울이 고개를 들었다. 파울은 코니를 바라보았다.

"미안해."

파울이 중얼거렸다.

"나는, 나는 그러려고 그런 게 아니라, 나는……."

"왜 그랬어?"

코니가 다시 물었다.

"샘이 나서 그랬어."

파울이 고개를 옆으로 돌렸다.

"필립 때문에."

"그래서 내 자전거를 망가뜨렸다고?"

코니가 벌떡 일어났다. 그러고는 숨을 크게 들이쉬었다. 갑자기 화가 머리끝까지 치솟았다.

"내가 그 자전거를 얼마나 소중하게 생각하는지 알면서도?"

코니의 목소리가 갈라져 쇳소리가 나려고 했다. 그만큼 화가 났다.

코니 앞에 앉아 있는 파울은 정말 비참해 보였다.

"그래, 나도 알아."

파울이 힘없이 말했다.

"정말 미안해. 잘못했어. 나는⋯⋯."

코니가 어쩔 줄 모르고 이리저리 왔다 갔다 했다.

"야, 파울."

코니가 씩씩거렸다.

"어휴!"

"이제 어떻게 할 거니?"

파울이 기가 죽어 말했다.

"너희 부모님께 말할 거니? 아니면 우리 엄마 아빠한테?"

코니가 갑자기 멈추어 섰다.

"미쳤니?"

코니가 씩씩거렸다.

"우리가 뭐 애들이니?"

코니는 다시 왔다 갔다 하면서 바닥에 있는 소프트볼을 옆으로 걸어찼다. 파울은 고개만 끄덕거렸다. 코니는 파울 옆 침대에 앉아서 다시 한 번 한숨을 쉬었다.

"어휴, 파울."

"나는 네게 화가 났었어."

파울이 말했다.

"필립이란 녀석이 나타난 뒤로 모두가 걔 이야기만 했어. 여기에서도 필립, 저기에서도 필립, 나는 더 이상 못 들어 주겠더라고."

"하지만 그 말은 하나도 안 맞아."

코니가 항의를 했다.

파울이 두 손에 머리를 묻었다.

"나는 너도 개한테 반했다고 생각했는데."

파울이 중얼거렸다.

"우리 반 다른 여자 아이들도 그랬으니까……. 나는 그저 너를 골탕 먹이고 싶었어."

"그래서 내 불쌍한 자전거를 학살한 거야?"

코니는 머리를 흔들었다.

"내 밸브를 빼 놓고 나서 나중에 30분 있다 나타나 구세주 역할을 하고, 원래 내 밸브를 다시 주었니? 그런 거잖아? 그러고 나서는 내 짐바구니를 나무에 걸어 놓고 내 안장은 홈통에 처박아 놓고. 에라. 이……! 네가 그렇게 못된 생각을 할 수 있었다는 걸 상상도 못 했어."

파울이 어깨를 움찔했다. 코니가 계속 이야기하면서 분명히 밝혔다.

"첫째, 나는 다른 여자 아이들하고 달리 필립에게 반하지 않았어. 둘째, 설령 그렇다고 하더라도 너하고는 아무 상관 없는 일이야. 그리고 셋째!"

이야기는 이어졌다.

"그것이 내 물건을 망가뜨릴 이유는 전혀 안 된다고. 알아 들었어?"

"나도 알아."

파울이 투덜거렸다. 파울이 고개를 들었다.

“그래, 이제 나는 어떻게 해야 해?”

코니가 일어섰다. 코니는 창가로 가더니 커튼을 만지작거렸다. 흠, 좋은 질문이야. 파울이 모든 것을 인정했어. 미안하다고 잘못도 빌었어. 그럼 이것으로 사건은 끝난 것인가?

코니가 마침내 말했다.

“네가 이제부터라도 필립을 공평하게 대하면 어때? 걔는 어쨌든 우리 반에 새로 온 애잖아. 내 생각에는 걔도 기회를 가져야 한다고 생각해. 걔가 너나 다른 남자 아이들한테 아무 짓도 안 했잖아. 왜 걔를 그렇게 힘들게 하니?”

파울도 자리에서 일어났다.

“맞아.”

파울이 당황해하면서 말했다.

“우리가 걔한테 공평하게 대했다고는 할 수 없지. 그러나 걔는 처음부터 이상하게 행동했잖아. 자기 스스로 반장이 되겠다고 나서지를 않나.”

“그래, 좋아.”

코니도 인정했다.

“걔가 처음 등장했을 때는 적응이 잘 안 되었지.”

코니가 파울을 향해 돌아섰다.

“하지만 내가 너한테 지금 당장 걔랑 엄청나게 친한 친구가 되라고 요구하는 것도 아니잖아. 네가 걔를 좀 더 잘 알았으면 하고 바랄 뿐이야. 그리고 누가 아니?”

코니가 씩 웃었다.

"네가 언젠가는 걔가 매우 괜찮은 아이라고 생각하게 될지."

파울도 코니를 보고 씩 웃었다. 조금 어색하긴 했지만.

"그래."

파울이 말했다.

"시도는 해 볼 수 있겠지."

파울이 코니에게 손을 내밀었다. 코니도 파울의 손을 잡았다.

"약속해?"

코니가 물었다.

"약속!"

파울이 대답했다. 파울이 머뭇거리더니 물었다.

"저 비디오는 어떻게 할 거야?"

코니는 카메라를 손에 들었다. 안나가 코니에게 녹화된 것을 어떻게 지우는지 알려 주었다.

"없애 버릴 거야."

코니가 대답하고는 단호하게 지움 버튼을 눌렀다. 코니는 집으로 돌아가려다가 무언가 생각이 났다.

"그리고 너 때문에 내 멋진 새 연장주머니도 망가졌어."

"내가 새로 하나 사 줄게."

파울이 얼른 말했다.

"그리고 자전거 밸브들도 내가 다시 꽉 조여 놓을게. 그럼 되겠지?"

코니가 만족스럽게 고개를 끄덕였다.

"그래, 좋아."

저녁에 일기장을 폈을 때 코니는 무엇부터 써야 할지 알 수가 없었다. 너무 많은 일이 있었어. 어디서부터 시작해야 하나? 코니는 몇 장을 앞으로 넘겨 보았다. 필립의 주소와 전화번호가 적혀 있는 신문 조각이 있었다. 코니는 생각에 잠겨서 손가락으로 신문 조각을 쓸어 보았다.

코니는 벌떡 일어나 거실로 내려갔다.

"전화, 내 방으로 가져가도 돼요?"

코니가 물었다.

"생물 숙제 때문에 안나한테 물어볼 것이 있어서요."

엄마와 아빠는 소파에 앉아서 텔레비전을 보고 있었다. 엄마가 고개를 끄덕였다. 코니는 전화기를 들고 방으로 뛰어 돌아왔다. 침대 위에 벌렁 드러누웠다. 마우가 고개를 쳐들고 놀라서 코니를 바라보았다.

"어떻게 생각하니?"

코니가 고양이에게 물었다.

"전화할까, 말까?"

마우는 눈을 감더니 코를 골기 시작했다. 이것이 무슨 뜻일까 코니로서는 확실히 몰랐지만, 아니라는 뜻은 아닌 것 같았다.

"좋아."

코니가 말했다.

"한다."

코니는 번호 버튼을 누르고는 기다렸다. 뛰뛰 신호가 가자, 코니는 전화를 그냥 끊고 싶었다. 그런데 막 끊으려고 할 때 굵은 목소리가 건너편에서 들려왔다.

"여보세요?"

"아, 죄송합니다."

코니는 말했다.

"제가 전화를 잘못 건 거 같아요."

"누구랑 통화하려고 했니?"

목소리가 물었다. 목소리는 아주 친절하게 들렸다.

"그라프요."

코니가 말했다.

"우리 집엔 그라프가 많은데."

"정확히 말하면 필립 그라프."

"응, 그럼 잘못 건 게 아니네. 나는 율리우스 그라프, 필립의 아빠란다. 잠깐만, 내가 불러 줄게."

수화기 놓는 소리가 들렸다. 그러고 나서 목소리가 들렸다.

"필립! 전화 왔다!"

"여보세요?"

다른, 좀 더 어린 그라프의 목소리가 들렸다.

"필립, 너니?"

코니가 숨을 멈추었다. 심장이 미친 듯이 뛰었다.

"나는 코니야."

"야, 이거 멋진데!"

필립의 목소리가 기뻐하는 것 같았다.

"무슨 일이니?"

코니의 심장이 조금 평소대로 돌아왔다.

"아, 별거 아니야."

코니가 말했다.

이 말은 별거 있다는 뜻이지. 코니는 잠깐 말을 멈추었다가 마우의 털을 쓰다듬었다.

"내일 만나서 아이스크림이나 먹을까 하고."

아, 이걸 어쩌! 내가 정말 이런 말을 한 거야? 머리가 쭈뼛 섰다. 코니는 레몬이라도 씹은 것처럼 얼굴을 찡그렸다.

"아, 좋지."

필립이 말했다.

"언제, 어디서?"

코니는 머리에 쥐가 나도록 짧은 순간 생각에 생각을 거듭했다.

"음, 세 시? 안젤로에서?"

"그래, 좋아."

필립도 좋다고 했다.

"안젤로, 나도 알아."

이번에는 필립이 말을 멈추었다. 필립이 나지막이 숨 쉬는 소리가 들렸다.

"기대된다!"

마침내 필립이 말했다.

"그때 보자."

"음, 그래. 나도 기대가……, 돼."

코니가 말을 더듬었다.

"그럼 내일 봐."

코니는 아주 천천히 전화기의 빨간 버튼을 눌렀다.

어휴, 이건 완전 사건인데. 코니는 전화기를 옆에 내려놓고 베개에 얼굴을 묻었다.

"믿을 수가 없어."

코니가 웅얼거렸다.

"내가 데이트를 하게 되는 거야!"

다음 날 오전 학교에서 코니는 다시 안절부절못한 채 신경이 예민해졌다. 그러나 이번에는 흥미진진한 탐정놀이 때문이 아니라 앞에 놓여 있는 필립과의 약속 때문이었다.

"너, 정말로 개한테 아이스크림 먹으러 가자고 했단 말이야?"

안나가 벌써 백 번을 한 질문을 또 했다.

"그냥 그렇게?"

"나 같으면 절대 못했을 거야."

디나가 눈동자를 굴렸다.

"그런 것이 바로……."

안나가 말을 하려 하자 코니가 곧바로 말을 끊었다.

"너, 또 낭만적이라고 말하면 창밖으로 던져 버릴 거야."

코니가 협박했다.

"그런 것이 바로 용기라는 거지!"

안나가 문장을 끝내고서 웃었다. 안나는 그래도 포기할 수 없어서 재빨리 덧붙였다.

"그리고 낭만!"

코니도 웃긴 했지만 다시 금세 진지해졌다.

"내가 도대체 그때 무슨 생각을 했을까?"

코니가 중얼거렸다.

"무슨 옷을 입어야 할지도 모르겠어. 그리고 머리는 어떻게 해?"

코니는 열 손가락으로 자신의 금발 곱슬머리를 빗질했다.

"내 새 분홍 티셔츠 빌려줄까?"

안나가 말했다. 디나가 손을 저었다.

"코니한테는 분홍색이 안 어울려."

빌리가 코니를 툭 쳤다.

"그렇게 심각하게 굴지 마."

빌리가 말했다.

"그냥 여유 있게 평소대로 해. 그게 제일 좋은 거야."

"네 말이 맞다."

코니가 중얼거렸다.

"필립은 친구지 슈퍼스타는 아니니까."

그래도 코니는 신경이 쓰여 오후까지 어떻게 시간을 보내야 할지, 그 사이에 신경줄이 끊어져 버리지 않고 버틸 수 있을지 스스로에게 물어보아야 했다.

가끔 코니는 필립 쪽으로 눈길을 보내 보았다. 그러나 필립은 코니를 아예 무시하고 있는 것 같았다. 그때까지 단 한 번도 코니를 본 적이 없었다.

조금 뒤 친구들은 탈의실에 서서 체육 시간을 위해 옷을 갈아입었다. 알버스 선생님이 오늘은 축구를 할 거라고 알려 주었다. 하필이면!

알버스 선생님은 안나와 파울을 주장으로 정한 다음, 선수들을 뽑으라고 했다.

안나는 코니와 빌리, 디나를 보고 눈을 찡긋했다. 안나가 친구들을 우선적으로 선수로 뽑는 것은 당연한 일이었다. 그런데 파울이 선수를 쳤다.

"코니!"

파울이 큰 소리로 말했다.

야유하는 소리가 남자 아이들 틈에서 터져 나왔다.

"여자 아이를? 너 제 정신이냐?"

마르크가 빽하고 악을 썼다. 목이 쉰 듯한 소리를 냈다.

"다 텄네! 이기는 건 포기해야겠다!"

코니는 망설이다가 파울 옆에 섰다.

안나가 빌리를 고르자 다시 파울 차례가 되었다. 파울은 씩씩한 목소리로 필립을 자기 선수로 지명했다. 다시 한번 아이들 사이에서 웅성거리는 소리가 났다.

필립은 거의 눈에 안 띄게 눈썹을 치켜올리더니 코니와 파울 옆에 나란히 섰다. 필립은 파울과 하이파이브를 하고 나서 코니에게 눈을 찡긋해 보였다.

코니는 만족스럽게 미소를 지었다. 파울은 정말 노력을 많이 하고 있는 것 같았다. 인정할 수밖에 없었다.

코니가 오후 세 시 정각 안젤로 아이스카페 앞에 자전거를 세웠을 때, 필립은 이미 둥근 테이블에 앉아서 코니에게 반갑게 손을 흔들고 있었다. 그런데 혼자가 아니었다. 코니는 두 눈을 크게 떴다. 작은 카페에 유카의 절반이 모여 있는 것 같았다!

필립과 같은 테이블에는 리아와 야닉이 앉아 있었다. 그리고 안나와 빌리, 디나는 옆 테이블에 앉아서 코니를 보고 미소를 짓고 있었다.

코니는 천천히 의자들 사이를 지나면서 그곳에 있는 또 한 사람을 보고 자기 눈을 믿을 수 없었다.

"파울! 너, 여기서 뭐하는 거니?"

파울은 기다란 숟가락으로 자기 아이스크림 컵을 푹푹 찔러 대고 있었다.

"아이스크림 먹지."

파울이 아무렇지도 않게 대답했다.

"그래도 넌……."

코니가 뭐라 말을 하려 했다.

다행히 이 순간 필립이 코니를 도와주려고 나섰다. 필립은 벌떡 일어나더니 코니를 작은 테이블로 데려갔다. 야닉이 코니에게 의자를 밀어 주었다. 코니는 앉아서 이맛살을 찌푸렸다.

"화를 내지 않았으면 좋겠다."

필립이 조심스럽게 말을 꺼냈다. 필립은 코니 옆에 앉았다.

"내가 다른 아이들도 초대했어. 서로 좀 더 알 수 있는 좋은 기회일 거 같아서 말이야."

코니는 조금도 화가 나지 않았다. 정반대였다. 코니가 생각해도 정말 좋은 생각이었다.

정말 잘한 일이야. 코니는 기뻤다. 우선 필립의 비밀을 알아냈고, 이제 적이 될 뻔한 두 남자 아이가 한 자리에 앉았으니. 이보다 좋을 수는 없는 일이었다.

"후후, 코니!"

안나가 작은 장식용 종이우산을 흔들었다. 디나도 씩 웃었다. 그리고 빌리는 엄지를 치켜들었다.

코니는 마치 깜짝 파티에 초대라도 받은 기분이었다. 친구들이 모두 한자리에 있었다. 그 중심에 필립이 있었고. 마치 아주 오래전부터 거기에 있었던 것처럼. 두 사람끼리만 어쩔 줄 몰라 하며 데이트를 하는 것보다 훨씬 더 좋았다. 필립은 특별히 더 자신만의 필립표 미소를 날리고 있었고 갈색 눈동자도 반짝였다.

코니도 환하게 웃어 주었다. 도대체 이렇게 행복한 일이 있다니! 코니는 그렇게 생각하면서 차림표를 집어들었다.

"생크림을 얹은 과일 아이스크림 주세요."

안젤로가 주문을 받자 코니가 말했다.

"그리고 초코 가루 듬뿍이요."

안젤로가 아이스크림을 가져오자 코니와 친구들은 테이블을 합쳤다. 파울은 필립 옆에 앉았다. 둘은 신나게 축구 이야기를 했다.

하필이면! 코니는 미소를 지었다. 그리고 생크림에 숟가락을 찔러 넣었다.

필립이 웃으면서 초코볼을 코니에게 주자 코니는 안나와 빌리, 디나에게 눈을 찡긋했다.

빌리와 디나는 다 안다는 듯이 같이 눈을 찡긋했다. 안나는 소리는 안 내고 입으로만 무어라 말을 했다. 입술을 읽는 재주가 없어도 코니는 안나가 무어라고 말을 하는지 알 수 있었다.

"정말 낭만적이야!"

이번에는 코니도 안나 말이 딱 맞다고 생각했다! ⑯